転生
最強種
住まう
た。
6
この島でスローライフを楽しみます
Author 平成オワリ
Illustration Noy

ミリエル
「光の大精霊」。幼い姿をしているが最年長の大精霊で、周囲の者を可愛がりまくる
スノウ
生まれたばかりの「氷の大精霊」の少女。アラタとレイナのことが大好き

アラタ
（藤《とう》堂《どう》新《あらた》）
「健康な肉体（無敵）」を特典に転生した日本人。最強種たちの島でスローライフを送る
フィー
「風の大精霊」。少々わがままだが、面倒見も良く暴走するミリエルのストッパー
ディーネ
「水の大精霊」。見た目はスライムだが、騎士道精神に溢れた真面目な常識人

「言っただろ。感謝していると……
だからこれはただの礼だよ」
ヴィルヘルミナ・
ヴァーミリオン・
ヴォーハイム
島に遙か昔より住む「真祖
の吸血鬼」。アラタたちに
度々イタズラを仕掛けてくる
「ヴィー、さん？」

転生したら最強種たちが住まう島でした。

この島でスローライフを楽しみます

6

Illustration Noy
Author 平成オワリ

登場人物

アラタ
（藤堂新）
無敵の肉体を持つ転生者。最強種の島の住人たちとスローライフを送る
レイナ・
ミストラル
アラタと一緒に暮らす「七天大魔導・第七位」の魔法使い。家事全般が得意
スノウ
幼い「氷の大精霊」の少女。アラタとレイナのことが大好き

エルガ

「フェンリル」の力を持つ神獣族の青年。言動は荒っぽいが面倒見が良い

ルナ

元気印な神獣族の女の子。先祖はヴィルヘルミナのかつての親友・タマモ

ティルテュ

「神龍バハムート」を祖にする古代龍。アラタの気を引くため日々奮闘中

シェリル

強大な力を持つ「闇の大精霊」。アールヴたちから崇拝されている

カティマ

怪力を誇るアールヴ族の少女。最近はスノウの良き遊び相手

ヴィルヘルミナ・ヴァーミリオン・ヴォーハイム

島に遙か昔より住む「真祖の吸血鬼」。退屈しのぎのイタズラが趣味

セレス

大陸から来た勇者パーティーの聖女。アラタを現人神と崇めている

ゼフィール・アントマン

「七天大魔導・第二位」で中間管理職の苦労人。アラタと意気投合する

エディンバラ・エミール・エーデルハイド

「七天大魔導・第一位」。レイナの師匠で人類最強の魔法使いだが、現在記憶喪失中

プロローグ　一つの幸せ

前世でサラリーマンをしていた俺こと藤堂《とうどう》新《あらた》はある日、過労死してしまう。

それが神様のミスだと謝罪され、特典を持った状態で異世界に転生させて貰えることになった。

当時は人間関係に疲れていたこともあり、望んだことは二つ。

一つは誰も人の住んでいない場所に転生させて貰うこと。

もう一つは、一人でも生きていけるように病気や怪我《けが》をしない強い身体《からだ》に生まれ変わらせて貰うこと。

神様の計らいで、一度見た魔法とかをコピー出来る能力も付けられ、俺は異世界のとある島で新しい第二の人生を歩むことになった。

ただし、そこはたしかに『人間』は住んでいなかったけど、その代わり異世界でも最強種と呼ばれる強い力を持った種族が集まる場所。

さらに流れ着いてきた魔法使いのレイナと出会い、俺は自分の考え方が変わっていく。

人と交流したくないという後ろ向きの想いから、もっと多くの人たちと楽しく過ごそうという想いへと。

神獣族、古代龍族、真祖の吸血鬼に大精霊、他にも多くの種族たちと関わり、仲良くなって、そして決めた。

この島の全部の種族を集めた大宴会を開きたい、と。

――新しく仲良くなった人たちも増えたし、やりがいがあるな。

この島にやってきた七天大魔導や勇者パーティーの面々。

人類最強と呼ばれる彼らも、最初はこの島の状況に困惑していたが、今では良き隣人として島の人々と仲良くやっている。

鬼神族のサクヤさんと古代龍族のグラム、二人の種族の垣根を越えた恋愛を見て、俺たちはもっともっと仲良くなれると確信した。

この島の人たちであれば、どんな困難があってもきっと解決出来るのだと、そう思った。

だからこそ、一つだけ気がかりなことがあって、それは――。

◇

目が覚めると、布団の中に自分以外の誰かがいることに気が付く。

「……」

とりあえず寝ている振りをしながら、いったい誰がいるのかを想像する。

第一候補はスノウだ。

普段はレイナの部屋で一緒に寝ているのだが、結構甘えん坊なので、思い立ったら俺の方の布団に入ってくる。

その場合、寝顔が本当に天使のように可愛《かわい》くて、俺も朝から良い気分になる。

さて、問題なのはスノウじゃなかった場合。

つまり第二候補だが、最近多いのがヴィーさんだ。

とはいえあの人の場合、太陽が昇り始めているこの時間はもう寝ているタイミング。

あともし起きていても、血を吸っているのでだいたいわかる。

今回はその気配がないので、多分違うだろう。

――まあ、ヴィーさんじゃなければいいか。

スノウにしても、他の子どもたちにしても色気のある展開にはならないので安心と言えば安心である。

布団をめくり、いったい誰が忍び込んできたのかと思うと――。

「……」

あまりにも予想外すぎる人物の登場に、俺の思考が一瞬固まってしまった。

黄金の髪に赤色の瞳。

一瞬ヴィーさんかと思われた少女の名は――。

「……エディンバラさん、なにしてるんですか？」

「おはよう。起こしに来たのだが、父があまりにも気持ちよさそうに寝ているのでつい布団に入ってしまった」

「そ、そうなんですね……」

尋ねればシンプルに答えてくれるのだが、そんな子どもみたいなこと言われても布団に潜り込んでいる理由にはならないと思うんだけど……。

たしかにエディンバラさんはまだ少女と言ってもいい見た目だが、実際は数千年を生きるエルフにして吸血鬼。

たとえ俺のことを父と呼ぼうと、しっかりした女性だから慎みを持ってほしい。

――というかこの光景、デジャブなんだけど……。

以前同じような状況になって、しかもそのときはレイナが入ってきたことを思い出したところで、足音が聞こえた。

「師匠、アラタを起こしに行くのにいつまで……」

扉が開き、レイナが俺とエディンバラさんを見て固まる。

「……違うんだ」

「レイナか。見ての通り起こしたぞ」

「……」

無言でツカツカと近づいてきたレイナは、エディンバラさんの両脇を持つと、そのまま彼女をベッドから下ろす。

そしてキスをするように顔を近づけてきて――。

「レ、レイナ……？」

服を脱がして、首筋や腕などに触れながら、なにかを調べ始めた。

ひんやりとした手がくすぐったく、すべすべとした掌が気持ちよくて少し恥ずかしい。

「なにもされてない、みたいね」

「え？　ああ、多分」

「ならよかった。師匠、スノウたちが待ってるからご飯食べて良いって伝えてきて」

「ん？　わかった」

部屋から出て行くエディンバラさんを見送ると、レイナはようやく緊張を解いてベッドに座った。

「ふぅ……」

「大丈夫？」

「ええ……まだ気を張ってしまうけど、なんとかね」

過去のトラウマからか、まだ苦手意識があるらしい。

エディンバラさんは記憶を失ったとはいえ、レイナにとっては人生の多くを一緒に過ごしてきた師匠であり、かつ過酷な幼少期を過ごす要因となった人でもある。

彼女なりに克服しようとしているのは知っているし、だからこうして家にも呼ぶのだが、一朝一夕にどうにかなるものでもないだろう。

「でも師匠がアラタになにもしてないかの方が気になったわ」

「俺なら大丈夫だよ。なにかされても頑丈な身体だからさ」

実際、この島に来てからピンチらしいピンチはほとんど経験していない。

この身体をどうにか出来るとしたら、それこそヴィーさんたちこの島の最強種の面々くらいなものだろう。

「それでも心配なのよ。昔のあの人は魔法のためならなにをしてもおかしくなかったから」

記憶を失っているのはわかってるけどね、と続けながら再び溜め息を吐《っ》く。

俺からしたら気の良い人なんだけど、やっぱりレイナからすれば全然違うのだろう。

「最近、昔の夢をよく見るのよ。誰も守ってくれず、ずっと気を張って生きていた日々の夢」

「……」

「この島のみんなが自然で温かいから、ずっと忘れてた記憶なんだけどね」

過去、彼女は孤児から魔法使いになった。

そして七天大魔導という人類最高の栄誉を頂きながらも、国の貴族に女として求められ、そして多くの嫌がらせをされてきた。

その過去が、彼女にこんな顔をさせているのだろう。

「俺が守るよ」

「え？」

「俺はレイナのことが大切だから、ずっと守る」

「アラタ……」

そっと、彼女の紅《あか》い髪が俺の顔の近くに来る。

胸の鼓動を聞くようにレイナが頭を合わせ、抱きついてきたからだ。

俺は受け入れるように自分の腕を回そうとしたところで、扉からこちらを見る視線に気付いて顔を上げる。

「ジー」

「ジー」

「ジー」

「……」

下からスノウ、ルナ、ティルテュ、そしてエディンバラさんだ。

どうやらいつまで経っても朝食を食べに来ない俺たちを見に来たらしい。

エディンバラさんはなにを考えているのかわからないけど、子どもたちは単純に遊んでいるだけだろう。

ただ、顔だけ出してこちらをじっと見つめる視線の中、ティルテュだけは嫉妬しているからか俺を睨んでいて気まずい……。

顔を俺の胸に埋《うず》めているレイナは彼女たちの視線に気付けず、甘えるように頭を動かす。

このままだと俺も一線を越えてしまいそうだ。

「……レイナ、子どもたちが見てるよ」

「え？」

耳元で囁くと彼女はハッと入口を見て、顔を真っ赤に染める。

慌てて身体を離し、そして気付かれた子どもたちは一斉に逃げ出した。

ティルテュだけは残ろうとしていたが、誰かに首根っこを掴《つか》まれて去って行く。

「……んん。今のはその、ね」

「ご飯、行こっか」

「……ええ」

◇

食卓ではいつものように、子どもたちが美味《おい》しそうにご飯を食べている。

口元を汚したスノウをエディンバラさんが拭き、レイナがおかわりを持ってきた。

「アラタもスープのおかわりはいるかしら？」

「うん、お願い」

ごく自然に彼女からご飯を受け取る。

多分端から見たら、俺たちがまだ結婚しないのかとか、付き合ってないのかとか、そんなことを思うくらいの関係なんだと思う。

実際、俺はレイナのことを女性として好意的に思っているし、彼女も同じだと思っている。

ただそれでも、この限られた空間の中で俺たちの家族という関係はあまりにも心地よすぎた。

——だって今、こんなにも幸せなんだもんな……。

このいつもと同じ、幸せな環境を壊す可能性があることをしたくない。

お互いの想いをはっきりとさせてしまえば、確実になにかが変わってしまうのだ。

——曖昧にし続けることは、良いことじゃないのかもしれないけど……。

それでも口にさえしなければ、また明日からも同じ楽しい日々が続くのだったら、それを選びたい。

この状況が良いことじゃないと頭で理解しつつも、まだ最後の一歩を踏み出すことが出来ないまま、ずっと共にあり続けていた。

「……変わることが悪いわけじゃないって、知ってるんだけどなぁ……」

長く停滞していたこの島の中で、犬猿の仲であった古代龍族と鬼神族の間で愛が生まれ、同年代の仲間たちから祝福された。

孤独に生きていたティルテュは今とても明るくなったし、新しい大精霊が生まれて雪の天候が生まれた。

これらはきっと新しくも前向きな変化で、逆にヴィーさんみたいに俺が来たことで死を望むような変化も起きた。

――この島はもう、新しい風に乗って動き出しているんだよな。

変化は当然ある。あとは自分がどう覚悟を決めるかだ。

この感情は、いつまでも隠し通せるものではないだろう。

レイナとはずっと家族でいたい。

それも、今よりもっと近く彼女の心に寄り添って、傍にいたいと考えてしまうときがある。

――でももう少しだけ、今のままで。

楽しい仲間たちと、いつも傍にいる家族たちと、今のままで……。

この最強種たちが住む島で、のんびりとしたスローライフを送り続けたいと、そう思った。

◇

七天大魔導と勇者パーティーの面々がこの島にやってきてから一月ほど経った。

それぞれこの島でどう生きるのかを模索している最中らしいが、それなりに慣れてきた感じはする。

「おおー！」

「見てくだされアラタ殿！　アーク殿！　これがワシの夢だった、マイ温泉ですぞ！」

「うわぁ！　ゼフィールさん、これ凄いですね！」

「ふふふ、そうでしょうそうでしょう！」

特に一番この島に順応が早かったのは、七天大魔導の『第二位』にして、実質のまとめ役でもあるゼフィールさんだろう。

今はエディンバラさん、ヴィーさんと一緒に住んで二人の世話をしているらしいけど、同時に鬼神族と独自の交流を深めている。

個性豊かな七天大魔導の面々が起こしてきたトラブル。

それらを解決するのも纏め役だった彼の役目で、とにかくいつも忙しかったらしい。

——だから、あまりにも他人事《ひとごと》には思えないんだよなぁ。

前世が社畜のサラリーマンだった俺とゼフィールさん。

温泉で語り合った仕事に対する辛い思い出の数々は、同士として認め合うには十分すぎた。

そこに色々と苦労を重ねてきたアークも交えて、最近は男三人で良く語り合っている。

「でも本当に俺たちも入って良いんですか？」

「もちろんですぞ！　この温泉で普段の疲れを存分に癒やしてくだされ。なにせここには男しかいませんからな！」

「あ、ははは……」

アークが曖昧に笑うのは、俺たち男組が女子の恋バナによって追い出されたからだ。

古代龍族のグラムと鬼神族のサクヤさんが恋人になったからか、最近の女性陣では恋愛トークがブームになっているらしい。

なにせ麗しい女性陣が集まっているため華やかなのだが、そうなると必然的に男である俺やアークは聞くわけにはいかない。

さてどうしようと二人で集まっていたところ、こうしてゼフィールさんに誘われて山奥までやってきたのだ。

「でもここって鬼神族の縄張りだけどいいんですか？」

「ギュエス殿たちから許可を貰ったから大丈夫ですぞ」

鬼神族の里から少し離れた山奥にある天然温泉。

それを密かに魔術で整え、森の木々と岩に囲まれた美しい光景が広がっていた。

湯の温度も丁度良く、天然温泉に誘われて山の中の魔物たちが姿を現すが、そこに殺気はない。

襲いかかる気なら返り討ちにするが、俺もこんなときまで狩りをしようとは思わず、結果魔物が温泉に入るのを見つめる形となる。

「いちおう雷魔術で辺り一帯を野生の魔物が入ってこられないようにはしたつもりですが……まあこの通り、島の魔物が相手では気休め程度ですな」

小さな魔物からそこそこ大きな魔物まで、徐々に集まってくる。

俺がいるからか、襲いかかる気はないみたいで、なんなら行儀良く順番待ちを始めた。

「鬼神族の方々もたまに見回ってくれたおかげで、最後まで壊されることなく無事に作ることが出来ましたが……ふふふ、魔物まで魅了してしまうとは我ながら良い出来です」

本当に嬉しそうにそう言いながら、ゼフィールさんは服を脱ぐ。

俺とアークはそれを見て、同じように裸になって温泉に浸かりだした。

「ふぅぅぅぅぅ……」

周囲を遮るのは山の木々のみ。

あまりにも自然すぎる中で、全裸になるというのはとてつもない解放感だ。

「最高ですねー」

「そうですなー」

アークとゼフィールさんも、完全に力が抜けた声を上げる。

傍に魔物がいるとは思えないほどの脱力っぷりだ。

そうしてしばらく三人は無言で風に揺れる木々の音や虫の鳴き声など、自然の音を楽しんだ。

「そういえばアラタさんは、いつ頃レイナさんとご結婚されるんですか？」

「んん!?」

突然の爆弾発言に、思わず変な声が出てしまった。

「な、なにを突然……」

「あ、いえ。実は最近セレスとエリーがその話題ばかりだから、僕もちょっと気になっちゃって」

もっと他に話題にすることがあるだろうに……。

横を見ればゼフィールさんも聞きたそうな顔をしていて、恋バナに男も女もないなと思う。

とはいえ、俺自身似たようなことを考えたことがあるから、この話題が出ても仕方がないか。

「レイナとは家族だけど……今のところ結婚するつもりはないよ」

「あ、そうなんですね」

「環境が変わるのが怖いのですかな？」

ゼフィールさんに少しだけ目を鋭くさせて尋ねられ、俺は頷く。

「多分俺が言えば、レイナは受け入れてくれると思うんです。だけど……」

なんとなく、風呂だからかこれまで誰にも言わなかった言葉がすらすらと出てくる。

レイナと出会って一緒に生活して、スノウって子どもが出来て、ティルテュやルナとかが遊びに来て、エルガたちとこっそり大人の飲み会をしたりして……。

「俺、今が好きなんですよ」

「……そうなんですね。うん、でもその気持ちわかりますよ」

アークが少しだけ遠い目をして、過去を思い出すように頷く。

彼は彼で勇者として多くの期待を背負い、そして裏切りにも遭って色々な経験をしてきた。

だからこそ、今の穏やかな生活がどれほど貴重なものなのかを知っているのだろう。

「うむ。まあアラタ殿もレイナもまだ若い。これからゆっくりと考えたらいい」

「そういうゼフィールさんはどうなんです？」

「え、ワシ？」

「長く生きた経験を聞かせてくださいよ」

驚いた顔をしているが、話としては当然の流れだ。

まさか俺だけが話すなんてこと、あり得ない。

アークに関してもセレスさんやエリーさんとの仲が気になるが、せっかくだからゼフィールさんの恋愛も聞いてみたい。

たしか二百年は生きているって話だけど……。

「もしかしてエディンバラさんのことが好きなんじゃないんですか？」

「ふぅむ……こんな老いぼれの話を聞いても楽しくないと思いますが……」

「そんなことないですよ！　ぜひ聞かせてください！」

思った以上にアークが食いついた。

もしかして彼、家でなにかあったんじゃないか？

「そうですなぁ……もちろんエディンバラ様には好意を抱いておりますが」

「おお!?」

「ただこれは、恋愛感情とはまた別です」

「違うんですか？」

「どちらかといえば、敬意……いや、畏怖の方が正しいか……」

ゼフィールさんは独り言を呟くように空を見上げながら、自分の過去を話し始めた。

まだ若かった彼は、エディンバラさんと出会うまで自分以上の魔法の使い手はおらず、それどころか史上最高の天才だと思っていたらしい。

そこで伸びた鼻を彼女に叩き折られ、さらに小間使いにされたところから始まって……。

「まあそこから二百年。まったく届かないままここまで来てしまいました」

「なんか急に誤魔化してません？」

「気のせいですよ」

年の功というべきか、流すところはきちんと流されてしまった印象だ。

ただゼフィールさんの言うように、本当に恋愛感情はないのかもしれない。

——ただ、二百年も一緒に過ごすって、どんな感じなんだろう？

俺は人間だからそんなに寿命も続かないだろう、と思ったところでゼフィールさんも人間だということを思い出した。

魔法使いは魔力で見た目を維持出来るし、寿命も延ばせるというのは以前聞いた話だ。

そうなると、俺って本当に普通の人間と同じような寿命なのか疑問に思ってしまう。

――まあいいか。

わからないことを考えても仕方ないし、今はそんなことを考える時間じゃない。

「さて、そうすると次はアーク殿かな」

「え!?」

突然ゼフィールさんに話を振られたアークは戸惑った様子。

「もちろん、俺たちも話したんだからアークも話すよね？」

「え、えーと……」

俺たちに詰め寄られ、ちょっとずつ離れようとするが、なぜか一緒に入っていたイノシシの魔物がその背を止めた。

ナイスだ、と思いながらゼフィールさんと二人で追い詰める。

「セレスさんとエリーさん。どっちと付き合ってるのかな？」

「アラタ殿。大陸では重婚は普通に認められております。つまり……」

「なるほど……」

俺たちはにんまりと笑う。

「ふ、二人は仲間ですから！　邪《よこしま》な感情なんて抱いてません！」

「「へぇー」」

「なんですかその顔は！　だって、そんな……」

アークは困った顔をしていて、もし年下が好きなお姉さんとかがいたらイチコロでやられてしまいそうな少し可愛い雰囲気を出す。

もっとも、ここにいるのは男の恋愛話を聞きたがる野郎が二人と、魔物たちだけなので、落ちるようなことはないが……。

「まあまあ、まずはこれを飲んで」

俺は収納魔法から酒を取り出すと、小さなお猪口《ちょこ》に入れてアークに渡す。

ついでの自分とゼフィールさんの分も用意して、三人で山の中で温泉酒だ。

「はぁ……最高ですなぁ」

「ですねぇ……」

「……僕だって男なんです！」

突然、アークがそんなことを言い出した。

顔を見れば真っ赤に染まり、たった一口で酔ってしまったらしい。

アークってこんなにお酒弱かったっけ？

もしかしたらこの温泉の雰囲気に酔ったのかもしれないけど……。

「なんか良い感じになってきましたね」

「うむ、話ならワシらがいくらでも聞くぞ」

「聞いてください！」

そう言った瞬間、お猪口の酒を一気に飲み、アークは語り出した。

セレスさんとエリーさん。一緒に旅をしてきた二人はまるで自分が男ということも意識せずに着替えたりして、無防備な姿をさらすことが多いらしい。

過酷な旅をしていたときは仕方ないにしても、この島では俺がいるから家に魔物も近づいてこないし、平和な日々が続いていた。

だからこそ余計に男女間の関係には気を付けようとしていたのに、二人はまるで注意をしないどころか、むしろ誘惑してるのかというくらい無防備さに拍車がかかっているらしい。

「ゼフィールさん、これって……」

「しっ！　丁度面白くなってきたところです！」

俺としてはもうそれってわざと誘惑してるでしょ、と言いたいようなエピソードが繰り広げられてちょっと呆れてしまうが、ゼフィールさんはわかってて言葉を止めない。

「なんでお風呂上がりに下着で歩くんですか!?　寝ぼけて同じベッドで寝るんですか!?　あんなことされたら僕だって勘違いをしてしまうじゃないですか！　おかわり！」

「あ、はい」

勢いよくお猪口を差し出してくるので、追加でお酒を入れる。

また一気飲みをして、結構目が据わってきた。

「エリーはねぇ、とっても可愛いんですよぉ。普段はツンツンしてるけどいつも僕たちのことを心配してくれてですねぇ……」

「「うんうん」」

「セレスも優しくて、聖女とか関係なく彼女は人に愛される女の子なんです」

「「うんうん」」

「そんな二人に無防備な姿を見せられて、僕は……ぼくはぁ……」

急にスイッチが切れたように言葉が止まった。

気を失って寝ているわけではないし動けないわけでもないが、これ以上は喋れなそうだ。

良いところだったのになぁ……。

「さすがにこのまま放置するわけにはいきませんし、そろそろ出ますか」

「そうですね」

アークに声をかけ、持ってきたタオルを使って自分で拭いて貰う。

酔っ払い特有の動きだが、なんとか自分で着替えてくれた。

「さて、それじゃあ帰りましょうか」

「そうですな。今日の話はもちろん男だけの秘密ということで」

「もちろんですよ」

俺たちは少し悪い顔をしつつ、アークを支えながら家に戻るのであった。

◇

男三人で温泉から家に帰ると、降った覚えがないのに中庭には雪が積もっていた。

その中心ではエディンバラさんがスノウと遊んでいて、二人はどうやら雪だるまを作っているみたいだ。

小さい方をスノウが、大きい方をエディンバラさんが転がし、そして二人で出来上がった二つの玉を一緒に重ね合わせていた。

「遠目で見る分には完全に仲の良い姉妹ですね」

「ですなぁ」

隣でその姿を見るゼフィールさんの瞳も心なしか柔らかい。

「ぱぱだ！」

「ああ、父だな」

一度作業の手を止め、二人で並んで嬉しそうに近づいてきた。

こうして俺のことを慕ってくれるのはやっぱり嬉しいな。

「二人で遊んでたの？」

「うん！　エディお姉ちゃんが遊んでくれた！」

「そっかー」

俺が手を伸ばすと反射的に両手を挙げる。

そのまま脇を持って持ち上げてあげると、楽しそうな声。

「エディンバラさん、いつもありがとうございます」

「父よ、以前も言ったがエディでいい」

「いやぁ……」

ヴィーさんと再会してエディと呼ばれるようになり、俺にもそう呼ぶように言うんだけど……。

——なんというかエディンバラさんには貫禄があって、あんまり気安くその呼び方は出来ない雰囲気なんだよなぁ。

もっとも子どもは順応が早いというか、スノウやルナはエディお姉ちゃんと呼ぶし、ティルテュなんかもエディと呼び捨てにしていた。

「あ、まだ途中だった！」

俺に抱き上げられたスノウが下ろしてと叩いてくるので、地面に下ろしてあげる。

「エディお姉ちゃん、続き！」

「ああ、そうだな」

スノウに引っ張られ、エディンバラさんも作製途中の雪だるまの方へと走っていく。

口数は少ないが、それでもスノウを見守るような優しさはしっかりと伝わってくる。

「あんなに穏やかなエディンバラ様は、ここに来るまで見たことがありません」

「記憶を失ってる状態なんですけど、ゼフィールさんとしてはいいんですか？」

「ええ。それがあの方の望みでしょうからね」

迷いなくそう言い切るのは、彼女の傍でずっと見てきたからだろうか。

俺はそこまで彼女の意思をくみ取ることは出来ない。

ただ、千年以上生きてきた彼女にとって初めての穏やかな生活。

それを大切にしたいという気持ちはわかる。

「もし本当に記憶を戻したいと思っていたら、あの方でしたら自分でなんとか出来ますよ」

「そうなんですね」

「ええ」

「僕も以前の彼女を少しだけ知っていますが、今の方がとても穏やかで幸せそうですね」

「そっか」

——俺は、記憶を失う以前のエディンバラさんを知らないけど……。

少しだけ歪《いびつ》に思ってしまうが、それでも今こうして記憶がないのが彼女自身の意思だというのであれば、それを尊重するべきだろう。

雪だるまで遊んでいるスノウたちを見る。

木で出来たバケツを帽子にしたり、枝を腕にしたり、二人でああでもない、こうでもないと相談しながら作り込んでいる。

その姿はたしかにとても穏やかで、楽しそうだ。

「たしかにあれを見ると、別に記憶を無理に戻す必要なんてないのかもな」

◇

二人と別れ、家の中に入るとレイナがご飯の用意をしてくれていた。

「あれ、ルナも来てたんだ」

「あ、お兄ちゃんお帰り！」

「外でスノウたちが遊んでるけど……」

家にいるからなにをしているのかと思ったら、レイナの料理を手伝っていた。

俺たちの共通認識として、キッチンは彼女の聖域だ。

これまでティルテュにしてもルナにしても、中に入ることはあまり許されていなかったんだけど、珍しいな。

「今日はねー、お姉ちゃんにお料理教えて貰ってるんだー」

「へぇ」

「このエプロンはサクヤちゃんに作って貰ったんだよ！」

オレンジ色の子どもエプロンをしたルナが、嬉しそうに教えてくれる。

この島で織物が上手な人と言えばサクヤさんだが、エプロンなんかも作れるんだ。

「ルナ、あんまりよそ見しないでね」

「っ――!?」

レイナの真剣な声に、ルナは慌てたように自分の持っていた野菜に視線を戻した。

料理中の彼女はまさしくこの島最強の存在と言ってもいい。

あのヴィーさんですら、この状況ではちょっかいをかけないほどだ。

ルナも一切逆らわず、レイナの一挙一動を真剣に見つめて真似をしていた。

「ふぅ、それじゃあ下準備は出来たから、残りはまた夕方やりましょうか」

「はーい！　じゃあちょっとスノウたちのところ行ってくるねー！」

そう言って慌ただしく出て行ったのを見送ったあと、俺とレイナの二人が残される。

「料理を教えるようになったんだ？」

「ええ。エルガとリビアさんのために作るんだって言うからね」

「へぇ」

今まで狩りと食べる専門だったルナがそんなことを言うなんて……。

窓から外にいるルナを見ると、スノウと合流して一緒に遊び始める。

スノウも仲良くしてくれるお姉ちゃんが来て嬉しそうだ。

「さすがにスノウはまだ早いし、ちょっと拗ねちゃったんだけど、あの人が相手をしてくれて助かったわ」

「エディンバラさん、面倒見がいいからね」

「本当に……あんなの知らなかった」

記憶を失ったとはいえ、過去のトラウマはそう簡単になかったことには出来ないのだろう。

レイナは複雑そうにエディンバラさんを見つめ、小さく溜め息を吐く。

「まあ、記憶をなくしたのだってどうせ本人の意思でしょうし、私が今からなにかを言うこともないわね」

「ゼフィールさんもそう言ってたけど、本気なら記憶を戻せるの？」

「あの人なら出来るんじゃない？　というか多分だけど、自分で消してるわよあれ」

「……そっか」

大陸最高の魔法使いである二人が当然のようにそう言うってことは、本当にエディンバラさんが自分の意思で記憶を消してしまったのだろう。

そうなると、彼女はこの島ですべてをやり直したかったのかもしれない。

もしくは、この島を自分の墓場にしたかったのか……。

「……ああ、そっか」

なぜ自分がこんなにも彼女の記憶のことが気になったのか、ようやく理解した。

俺自身が、すべてをやり直したいと思ってこの島に来たからだ。

前世とは違う身体。前世とは違う環境。そして多くの人と構築した新しい人間関係。

すべてを捨てたからこそ得ることが出来た今は、とても幸せで穏やかな生活だった。

「エディンバラさんもそうだったなら、みんなが言うようにこのままの方がいいんだろうな」

「アラタ？」

「ううん。なんでもないよ」

多分もう、エディンバラさんは昔の自分に戻ることはないだろうけど、それも一つの幸せだ。

もしそれを誰かが認めないと言っても、俺はちゃんとその意思を尊重して、味方になろう。

過去を捨ててやってきたのは俺も一緒で、もう昔の自分に戻りたいなんて思わないのだから。

第一章　穏やかな日々

今日は特にやることのない一日だったので外で釣り道具の手入れをしていると、ティルテュが遊びに来た。

その腕には、なにやら見覚えのない竜の赤ちゃんを抱えている。

「ティルテュ、その子は？」

「ちょっとお願いして借りてきたのだ」

「借りてきたって……」

「なー」

愛らしいつぶらな瞳が俺を見上げつつ、そんな鳴き声を出す竜の赤ん坊。

ティルテュの腕に抱えられてるとおり、まだ幼体なのだろう。

誰かが守ってやらないといけないような雰囲気を出している。

「なー」

軽く頭を撫でてやると、嬉しそうに鳴いてもっとねだってくる。

「可愛《かわい》いね」

「そうだろうそうだろう！　聞いたかアラテュ！　今日は旦那様がお前の父親だぞー！」

「なー」

ティルテュの言葉に反応して鳴くが、それより気になることが……。

「……アラテュって？」

「今日だけこの子の名前なのだ！」

なぜさっきから今日だけをアピールするのだろうか？

というか、本当に借りてきたってなんなんだろう？

「とりあえず事情を——」

「あ、ティルテュ！　その子ってあのときの子竜じゃない！」

「げ、マーリン!?」

俺とティルテュが話していることに気付いたマーリンさんが大股で近づいてくる。

どうやら彼女はこの子竜のことを知っているらしい。

というか、この二人も本当に仲良いよなぁ。

「なー」

「あら、私のこと覚えてるのかしら？」

アラテュと呼ばれた子竜はティルテュの腕から下りると、そのままマーリンさんのところに進んでいく。

ペタペタと地面を歩く姿は愛らしさ抜群で、もしこの世界にＳＮＳがあったら盛大にバズってそうだ。

そしてマーリンさんの足下に辿り着くと抱っこをされ、また嬉しそうに鳴いた。

「あー！　我と旦那様の子なのにマーリンが取ったぁ！」

「ちょっと人聞き悪いわよ！　というか、なんの話!?」

涙目で指さすティルテュの言葉にマーリンさんが戸惑ったような声を上げる。

ティルテュがなにをしているのかはわかっていないらしい。

「だってずるいのだ！　レイナにはスノウがいて、あのヴィルヘルミナにもエディンバラが出来て……我も旦那様との子どもが欲しい！」

「「……」」

「なー？」

俺とマーリンさんが頭を抱えていると、子竜の鳴き声が辺り一帯に響いた。

◇

とりあえず一度マーリンさんの家に行って、色々と事情を聞いてようやく理解が出来た。

　この子竜は以前ティルテュとマーリンさんが森で出会ったハグレ竜だったらしく、一緒に親竜に返したことがあるらしい。

　それを思い出したティルテュが、わざわざ会いに行って借りてきたという。

「それでこのアラテュは、俺とティルテュの子どもってことにしようとしたと」

「うむ！　なーアラテュ」

「なー」

　ティルテュの声かけにアラテュは嬉しそうに応える。

　二人の仲はかなり良さそうだけど……。

「ちゃんと親竜の許可貰ってきたんでしょうね」

「もちろんだ。やつは快く預けてくれたぞ！」

　古代龍族、しかもティルテュはその中でもかなり強い力を持っている。

　そんな神様みたいな存在に直接お願いされたら、いくらこの島の竜でも言うこと聞くしかないんだよなぁ……。

　まあアラテュも結構懐いているみたいだし、ティルテュに守られている時点で安全なのは間違いないと言えばそうなのだろう。

「なー、なー、なー」

「ん？　旦那様のところに行きたいのか？」

「なー」

ティルテュが手を離すと、アラテュはトコトコと俺の方に近づいてくる。

そして地面に胡座《あぐら》をかいて座っている俺の膝の上に乗ってきた。

「……やっぱり可愛いな」

「うむ！　我らの子だからな！」

甘えるように頭をお腹《なか》に乗せてくる子竜は、中々の破壊力だ。

マーリンさんもそわそわしているし、抱っこしたいのかもしれない。

「ふふふ、これで我と旦那様も一歩進展したぞ」

「こんなこと教えたつもりないんだけど……なんでそんなこと考えたのよ」

呆れたような雰囲気のマーリンさんに、ティルテュは拗ねたような顔をする。

「だって、エディンバラが自慢してきたのだ……旦那様が父で、ヴィルヘルミナが母だと」

多分彼女の場合、自慢というよりは淡々と事実を伝えただけだと思う。

もっとも言葉なんて聞いた側がどう受け取るか次第だから、そういう風に聞こえたならそれはそれで仕方がないか。

「それが羨ましかったと」

「うむ……」

実際、スノウはレイナをままと呼び、俺をぱぱと呼ぶ。

それは間違いなく家族と言うべき関係で、普通の友達とはまた違うのかもしれない。

だからこそ、ティルテュも同じようになりたかった、と。

「そしたらこの子……アラテュと一緒に散歩でもしよっか」

「え？」

「家族なんでしょ？」

「……うむ！」

「なー」

俺がそう言うと、二人は元気に返事をしてくれる。

「アラタはこの子に甘いわねぇ……」

マーリンさんが少し呆れ気味だが、二人とも嬉しそうなので良しとして欲しい。

それに本人は気付いていないみたいだけど、マーリンさんだってティルテュには相当甘い。

——まあなんというか、放っておけない気持ちになるのはよくわかるけどね。

ティルテュの言葉には嘘がなく、真っ直ぐで素直だからこそ人を惹き付ける魅力がある。

つい色々と手助けしたくなってしまい、だからゼロスなんかもよく面倒を見ているのだろう。

「よっと」

アラテュを抱き上げると、ペタッと身体《からだ》をくっつけてきた。

——こういうところは、大精霊のスノウも、子竜も一緒だなぁ。

力がないうちは守って貰わなければならないという、本能的な行動なのかもしれない。

なんにせよ、それは間違いなく嵌まっていた。

「それじゃあマーリン、行ってくるのだ！」

「はいはい。親竜が心配するから、早めに返してあげるのよ」

「わかってるのだー！」

「なー！」

そうして家から出て、一緒に森の中へ。

最終的な目的地は親竜の住む場所として、それまでは遠回りをしてもいいだろう。

「ふんふんふーん」

「なーなーなー」

森の中を歩いていると、ティルテュとアラテュはご機嫌そうに鼻歌を歌う。

ノシノシと歩く小さなアラテュのペースに合わせると、とてもゆっくりした動きになるが、たまにはこれもいいだろう。

「そういえば最近グラムの様子はどう？」

「ん？　あの鬼神族の女とイチャイチャしていてふぬけているな」

「ふぬけて……？」

「これ見よがしに腕を組んで歩いたりして、見せつけてくるのだ！」

それを聞いて、初めての恋人が出来た高校生みたいだな、と思ってしまった。

浮かれているんだろうけど、嬉しいなら仕方ないよなぁ。

「……そしたらティルテュも腕を組む？」

「え？　いいのか？」

「うん。だって今は、俺たちがこの子の親なんだしさ」

俺の言葉を聞いた瞬間、ティルテュが飛びつくように腕に抱きついてきた。

普段からよくくっついてくるけど、今の動きはまた別なのかとても嬉しそうだ。

「むふふふー」

「なー？」

「いいだろー」

ティルテュが楽しそうだからか、アラテュも嬉しそうに鳴く。

これだけ見れば、本当の家族に見えてそうだ。

「抱っこする？」

アラテュに聞くと、首を横に振った。

どうやら自分で歩きたいらしく、ノシノシと小さな手足を動かしながら森の中を堂々と進む様は可愛らしい。

なんとなく森の王者をイメージしているような歩き方で、もしかしたらこの子の親竜は結構強い存在なのかもしれない。

「……」

「どうしたの？」

ジーッとそれを見ていたティルテュが突然腕を放す。

そして再びアラテュの隣に行った。

「我は母親だから、ちゃんと隣にいてあげないと駄目なのだ」

「なー」

「なにが来ても我が守ってやるからなぁ」

見上げてくるアラテュに、ティルテュは優しい笑みを浮かべている。

自分のやりたいことよりも、幼い子のことを優先してあげる。

スノウが来たときも同じようにしてくれて、ティルテュが元々持っている優しさなのだろう。

――もう子ども扱いばかりするのも良くないかもな……。

出会った頃とは比べものにならないくらい、この子は成長している。

アラテュを挟んで隣を歩きながら、ティルテュの横顔を見てそう思った。

「ティルテュはもう、立派なお母さんだね」

「旦那様もそう思うか！　ふふふ、これでまた一歩リードだな！」

しばらく散歩をしていると、森の開けた場所に出る。

どうやらそこで待ち合わせをしていたらしく、大きな竜がその場で眠っていた。

太陽も暖かく、気持ちよさそうだ。

こういうのを見ると、俺も寝たくなってくる。

「おーい！　戻ったぞぉ」

「なー」

「っ――!?」

ティルテュが声をかけると、親竜は慌てた様子で顔を上げる。

アラテュを見てホッとしたように優しげな顔をし、次にティルテュを敬うような顔。

そして俺を見た瞬間、明らかに恐怖に怯えて――。

「いやその顔はちょっと、それはショックを受けるんだけど」

「もう旦那様のことは森の魔物たちはみんな知ってるっぽいからなぁ。特に竜は知能も高いから、やばさがはっきりわかるみたいだぞ」

「まあ、狩りとかしてるから仕方ないんだけどさ」

弱肉強食の世界で、生態系を崩した危ない外来種的な扱いなのかもしれない。

否定出来ないけど、やっぱりショックはショックだった。

まあこの親竜が受けた衝撃に比べれば可愛いものだとは思うけど……。

「なーなーなー」

そんな俺のショックや親竜の衝撃を無視して、アラテュはそのままのんびり進んでいく。

ティルテュがついていき、そして近づくと抱っこをした。

「じゃあなアラテュ。また遊ぼう」

「なー」

親愛を表現するためか、可愛い鳴き声を上げながら頬をこすり合わせている。

見ていて滅茶苦茶微笑《ほほえ》ましい光景で、ほっこりする。

「いいなぁ……」

などと思っていたら、ティルテュが俺を見てこっちに、と手招きをしてきた。

親竜はダラダラと汗をかいて困った顔をしているが、子どもがいるからかその場から動かない。

どうやら逃げたい気持ちを我慢してくれているらしい。

とりあえず、これ以上怯えさせないようにゆっくりと近づくと、ティルテュがアラテュを渡してきた。

「旦那様もお別れの抱っこだ」

「うん」

受け取って赤い瞳を見ると、純粋でなににも染まっていないのが凄く綺麗だと思った。

顔を近づけると、ちょんちょん、と自分の顔をくっつけてくる。

「じゃあね」

「なー」

地面に降ろしてあげると、一鳴きだけして親竜のところに歩いていく。

そして腕にくっつくと、そのまま頭の上までよじ登っていき、俺たちを見下ろす。

スノウもよく俺の頭の上に乗りたがるし、子どもの特性なのだろう。

――帰ったら肩車をしてあげようかな。

「なー」

こちらに向かって鳴きながら、アラテュは手を振っていた。

俺たちも手を振り返す。

親竜が翼を広げると周囲の木々が大きく揺れ、そのまま二匹の竜は空を飛んで去って行った。

それを見送り、ティルテュと顔を見合わせる。

「俺たちも帰ろっか」

「うむ！」

家族っぽいことが出来て満足したのか、ティルテュの声も明るく元気なものだった。

◇

翌日。

色々と手探りだったことの多かったこの島での生活も、慣れてくると色んなことがルーティンワーク化されていく。

食材の管理はレイナがやっているが、減ってきたら狩りに出かけるのは俺の役目だ。

朝食を食べたあと、レイナから少し肉関係が減ってきたと聞いた俺は、森に入って獲物を探していた。

「最初の頃はエンペラーボアの肉なんて一生なくならないんじゃないかと思ったけど、すぐだったもんなぁ」

遊びに来た神獣族の面々に振る舞っていたら速攻でなくなってしまい、驚いたものだ。

定期的に巨大な魔物は狩っているし、穀物は神獣族、山菜などはアールヴの村から貰ったりしてるので、食料に困ることはなかった。

とはいえ食べ盛りの子どもたちもいるので、食材はあるに越したことはない。

そう思って森でなにか美味《おい》しい魔物がいないか探索中なのだが、今日は運が悪いのか中々見つからなかった。

「肉か……そういえばアルヴ岩塩とかもまた食べたいけど……」

以前アールヴの村でカティマが食べていた最高品質の塩。

あのときは天ぷらを食べたが、肉に振っても絶対美味しいやつだ。

まあ量も少ない上、俺たちが行くときはカティマも絶対に表に出してこないので、諦めるしかないんだけど……。

そんなご飯のことを考えながら歩いているが、本当に今日は中々獲物が見つからない。

「うーん、やっぱりもう少し先に進まないと魔物もいないか」

昨日ティルテュも言っていたが、魔物たちの間でもヤバい奴らがいるというのは共通認識なのか、家の周囲にはもう魔物が現れることはほぼない。

レイナたちが危険に晒されることもないので良いことなんだけど、その代わり狩りをするときは少し離れないと見つからないのがちょっと不便だった。

「そういえば湖の方にはまだ魔物がいたな」

南の森を進みながら、以前ハイエルフの里に入ったときを思い出して少し警戒する。

スノウが妙な反応を見せていたが、大精霊であるあの子があんな反応をするということは、なにか厄介なことがあるような気がしたからだ。

「……とはいえ、なにか問題があるんだったら手伝うんだけどなぁ」

ハイエルフと出会ったときそう申し出てみたけど、結局必要ないと言われてしまった。

当人がそう言う以上、自ら進んで突っ込みすぎるのも良くないとはわかってるんだけど、正直気にはなっていた。

ハイエルフの里の結界がある場所で立ち止まり、そんなことを考えていると、空から鳴き声が聞こえてくる。

「あ、竜だ……こっち側にいるのは珍しいな」

竜は島の北側、古代龍族の住処《すみか》やアールヴの村の近くにいることが多い。

「だけど……うーん、さすがにアラテュのこともあるし、今は竜を狩ろうとは思えないなぁ」

獣類はこちらの南側が多く、なにを狩るかで向かう場所を変えていた。

俺がわざわざ南側に来たのも、獣型の魔物を狙ってのこと。

それに竜は古代龍族の庇護対象になっているのもいる。

弱肉強食とはいえ、もし間違って庇護対象の竜を狩ってしまったら気まずくなりそうだ。

「竜はまた、ティルテュが一緒のときにしよう」

以前野生の竜を倒したとき、ティルテュもかなり美味しそうに食べていたので、竜だから食べちゃ駄目ってことはなさそうだしね。

そうして南の森を歩いていると、立派な角を持った鹿っぽい魔物と熊っぽい魔物が争いあっているのが目に入った。

この島だとウサギが強かったりと見た目で強さは判断しづらいが、どうやら今回は見た目通り熊の魔物の方が強いらしい。

二本の足でしっかり地面を踏みしめ、鹿の角を摑《つか》むと、そのまま勢いよくジャイアントスイングみたいに振り回す。

——というか、二足歩行なんだ。

俺の知っている熊は四足歩行が普通なので、あんな風に両足でしっかり立っているのを見るとちょっと違和感がある。

鹿は思い切り岩に叩きつけられて、自慢の角も片方折られてしまった。

それでもなんとか立ち向かおうとするが、熊は残虐な笑みを浮かべると、落ちた角を掴んで鹿を叩き始める。

「お、おお……」

剝き出しの殺気をぶつけて勢いよく何度も叩く姿は、まるでプロレスのヒール役のようだ。

しばらくすると鹿の方が雄《お》叫《たけ》びを上げて絶命し、熊が角を捨てる。

かなり残虐に見えるが、生きるか死ぬかの野生であればこれも仕方ないことだろう。

そして自らの巣に持ち帰ろうと鹿の足を引き摺《ず》りだしたところで、俺はその熊の前に立ち塞がった。

「やあ」

「……」

俺との力の差はわかっているらしく、恐怖で身体が硬直して全身から汗を流している。

どうすればこの場から逃げられるか、そんなことを考えているのかもしれない。

熊はチラッと自分が倒した鹿を見ると、まるで献上するように前に出してきた。

「うん、ありがとう」

俺の言葉がわかるのか、お礼を言ったから許されたとでも思ったのだろう。
だけど、この鹿も熊も、どっちもまだ食べたことないんだよね。

「というわけで……」

「っ――!?」

俺が見逃す気はないとわかったらしく、熊は慌てて鹿の角を拾うと、殴りかかってきた。

それを受け止め、反撃に殴ると熊はその場で倒れ込む。

「前はどこか遠くまで殴り飛ばしちゃってたけど……もうちゃんと手加減も出来るんだよね」

とりあえず外傷の少ない熊と、ボコボコにされた鹿の血抜きをする。

収納魔法に入れておけば保存した状態で持って帰れるのだが、血を抜いて冷やすのは早めにやらないと後々肉の臭みが取れず、大変なことになるからだ。

「ルナとか結構こういうことに拘《こだわ》りがあるから、ちゃんとやらないと……」

狩った魔物を美味しく食べる方法は神獣族のみんなから教えて貰っているし、手際もだいぶ良くなってきた。

この島に来たときはレイナやエルガに任せっきりだったこの作業も、今では一人でささっと進められるのだから、慣れって大事だよなって思う。

たとえば熊は喉元を切って斜面に置いて血を流す。

少し時間がかかるので、その間に鹿の方も血を抜いて、熊の解体。

「皮剥ぎも解体も、昔と比べて綺麗に出来るようになったもんだ」

そうして解体し終えた肉は、順番に収納魔法の中に放り込んでいく。

ここなら保存した状態を維持出来るので、冷蔵庫いらずだった。

「とはいえ、保冷庫も作ったから基本はそっちに入れるんだけどね」

スノウの力で作った保冷庫には、これまで狩った獣の肉とかが結構置いてある。

シンプルな冷凍庫みたいな場所で、ただ冷やしているだけの食べ物もあれば、凍らせている食材など、様々だ。

「さて、それじゃあ今日はこの辺で帰るか……あ」

また結界に触れたことに気が付く。

とはいえエルフ側の干渉がなければ里には入れなそうだ。

「本当に大丈夫かな？」

この先で起きていることはわからないが、どうしても心配になってしまう。

俺の夢、この島に住む全部の種族を巻き込んだ大宴会をするには、ハイエルフや南の大精霊様たちとも交流しておきたいし……。

「……今度、準備して一回行ってみようかな」

これはあれだ、お隣に引っ越し蕎麦《そば》を持っていくような感じ。

よく考えたらエルフの住む南の森と俺たちの家って隣接しているし、本当はもっと早く挨拶にいかないといけなかったくらいだと思う。

入る方法は……ヴィーさんか北の大精霊様たちに聞けば教えてくれるよね。

「そうと決めたら、またレイナに相談しよっと」

すべての肉を収納魔法に放り込み、家に戻るのであった。

◇

「エルフに喜んで貰えるものってなんなのかしら？」

さっそく先ほどの件をレイナに相談したら、彼女も乗り気で考えてくれる。

とはいえエルフの生態系など俺はもちろん、レイナもあまり知らないようで困っていた。

「エルガに聞いてみよっか。たしか前に、神獣族とエルフは交流があると言っていた気がするし」

「種族によっては全然だめな物とかもあるかもしれないものね」

外を見るとまだ太陽は高く、神獣族の里まで往復してもだいぶ余裕がある。

スノウは遊びに来たカティマと一緒にいるから、今のうちに行ってしまおう。

「レイナはどうする？」

「最近来て貰ってばっかりだったし、久しぶりに行こうかしら」

「なら決まりだね」

外に出てまた雪だるまにされているカティマに事情を説明すると、彼女は絶望的な顔をした。

「お前……この状況が見えないのか!?　これ以上スノウ様と遊んだら、カティマ死んじゃうぞ！」

「カティマは頑丈だから大丈夫でしょ」

「お前がそれ言う!?　見ろ、もうカティマは顔以外雪まみれなんだぞ！」

　カティマの足辺りに大きな雪玉。上半身にもう少しだけ小さな雪玉。

　そしてその上に小さなカティマの顔がついていて、雪だるまと言うより串団子みたいになっていた。

「カティマ、遊んでくれないの？」

「ああ、違うのですスノウ様！　カティマもまだまだ遊び足りないと思っていたので、もっともっと遊びましょう！　出来れば体力を使わないやつで……」

「やったー！　じゃあもっと雪降らせるね！」

「ちょっ――!?」

　このままでは顔まで雪玉にされそうなカティマに、せめて頭の上に置くように伝え、レイナと共に神獣族の里に出かけて行った。

◇

俺たちの住んでいる場所と神獣族の里は道の開拓が終わっているので、面倒な山道を歩く必要もなくスムーズに進むことが出来る。

神獣族が何度も往復をしているおかげか、道に匂いが染みつき魔物も近づかないので、安全なルートでもあった。

「アラタの魔力が残っているのも理由の一つだけどね」

「でもこの道、作ったの結構前だよ。そんなに残るかなぁ？」

「まあ貴方《あなた》の力ってだいぶおかしいから」

ごくごく自然に言われてしまった。

まあさすがに俺もこの島に来たときに比べて、自分の力のおかしさとか、周りの目とか色々と理解しているから気にしないけどね。

「あ、お兄ちゃんたちだ！　どうしたの？」

神獣族の里に近づくと、クルルたちと遊んでいるルナがこちらに気付いてやってくる。

「今日はエルガいる？」

「さっき狩りから戻ってきたから、今は家にいると思うよー」

「そっか、ありがと」

ルナやエルガが一緒に住んでいる家は知っているので、そのまま向かって行く。

里の中はもう見知った人だらけで、歩くだけで色んな人に挨拶されながら進んで行くと、不意にレイナが疑問の声を上げた。

「そういえば、なんでルナは一人で遊んでたのかしら？」

「え？　でもクルルたちがいたよ」

「そうだけど……普段あの子、遊ぶなら私たちの家に来るじゃない」

「たしかに……」

基本的にルナはなにか用事がない限りほぼ毎日家にやってくる。

そこでスノウと遊んだり、ゼロスたちと狩りに出かけたり、合流したティルテュと遊んだりしていたので、たしかに珍しいといえば珍しいが……。

「まあでも、そういう日もあるんじゃないかな？」

階段を上って鳥居を越えると神獣族が住む区域に入る。

奥には長老であるスザクさんの住む屋敷が大きく広がっていて、それ以外の家にはそれぞれ神獣族が住んでいた。

中央の広場でよく宴会をしているが、普通の日である今は閑散としていて誰もいない。

どうやら狩りに出かけている人が多いみたいだ。

「あそこね」

何度もこの里にはやってきているので、迷いなくエルガの家に向かう。

今日は太陽がしっかり出ていて暑いからか扉が開けっぱなしだ。

防犯的にどうなんだろうと思ったが、この里に住んでいるのは神獣族と獣人だけだし、みんな家族みたいなものってことかな？

「エルガ……」

ちょっと聞きたい事があって来たんだけど——と言おうと思った俺は、入口から中を覗いた瞬間、言葉を止めてしまう。

なぜならリビアさんの膝に頭を乗せて、手は頬に当てながらイチャイチャしている二人が見えたからだ。

「……」

レイナも驚いたのか、唖然《あぜん》とした顔をしている。

普段の凛々《りり》しく男らしいエルガと同一人物とは思えないほど穏やかな顔をしていた。

リビアさんの顔も幸せそうで、おしどり夫婦といった印象。

俺たちが来たことにも気付かないほど、二人の世界に入ってしまっている。

「ちょっとだけ、時間を潰しておこうか」

「そうね」

エルガの家から少し離れて、入口で遊んでいるルナのところに戻る。

クルルとガルルと追いかけっこをしていたので、俺たちは木を背もたれにして座りながら、見守っていると、こちらにやってきた。

「お兄ちゃん、エルガに会えた？」

「いや、なんというか……またあとにしようかなって」

どうしてルナが一人でいたのかがわかった。

「狩りが終わったあとはねぇ、いつもあんな感じなんだよー」

「そうなんだ」

「だからルナは家から離れてるんだ」

二人の間にはハートマークが飛び交うような雰囲気。

さすがにあの状態の二人に声をかける勇気はなかったし、ルナも気遣っていたらしい。

普段の兄貴肌が嘘のように甘い感じで、エルガの見ちゃいけない部分を見てしまった気持ちだ。

「あれってどれくらい続くのかしら？」

「うーん、日によるけど多分もうちょっとかなぁ」

「じゃあ少し遊ぼっか」

「いいの!?　やったー！」

普段は俺たちの家で遊んでいるからか、神獣族の里で遊ぶとなってルナのテンションも一気に上がる。

「じゃあね、ルナが普段遊んでる場所とか案内してあげる！」

「ええ、よろしくね」

クルルとガルルも一緒に喜び、楽しそうに俺たちを先導するように歩き出す。

こんなことならスノウも連れてきてあげれば良かったなと思いつつ、俺とレイナはついていくのであった。

◇

しばらくしてルナの神獣族の里ツアーを終え、俺たちはみんなでエルガの家に戻る。

「多分ねぇ、もう大丈夫だと思うんだ」

そう言ってルナは先に入る。

事情を説明しているのか少し中から話し声が聞こえてきた。

そしてこちらに顔を出して両手で丸を作ったので、中に入る。

「こんにちはエルガ、リビアさん」

「よ、よぉ……」

「二人とも、ようこそ」

どうやら俺たちが先ほどの光景を見たことを、ルナが伝えてしまったらしい。

エルガの表情は気まずそうだ。

リビアさんはいつも通りニコニコしていて、気にした様子もなく迎え入れてくれる。

「その、いきなり来てごめんね」

「いや、俺も扉くらい閉めておくべきだった……」

「あら、別に隠すようなことでもないじゃありませんか。神獣族の里の人たちはもう気にしませんし」

「だとしても、恥ずかしいもんは恥ずかしいんだよ」

どうやらリビアさんは見せつけてもいいと思っている様子。

俺は同じ男としてエルガの気持ちはよくわかるんだけど、レイナはどうなんだろう？

普段の感じからすると、彼女も人に見られるのは恥ずかしいタイプだと思うんだけど……。

「ねえアラタ。ちょっとリビアさんと二人で話したいから、外に出て行ってもいいかしら？」

「ん？　まあいいけど、どうしたの？」

「あらあらアラタさん。女同士の話に踏み込んではいけませんよ」

リビアさんはどんな話かなんとなくわかっているのか、立ち上がってレイナの傍で耳打ちする。

すると彼女は顔を少し赤くして、コクンと小さく頷いた。

「というわけであなた、少し出て行きますね」

「おう。あんまり遅くならないようにな」

そうして二人が出て行き、エルガとルナ、そして俺だけが残される。

「で、なんの用だ？」

部屋の中に案内され、どかっと床に座る姿はどこかスザクさんに似ていた。

やっぱり血が繋がらなくても親子なんだなと思いつつ、俺はここに来た用件を伝える。

「神獣族ってエルフと交流あるって言ってたよね」

「ああ、よく色んなもの物々交換してるからな」

良かった、記憶違いじゃなかった。

「実は今度ハイエルフの里に挨拶しに行こうと思っているんだけど、ハイエルフやあっちの大精霊様ってなにが好きなのか教えて貰おうと思って来たんだ」

俺がそう言うと、エルガはなるほどな、と頷く。

そしてしばらく悩んだあと、キリッとした表情で俺を見て一言。

「肉、だな」

「なるほど」

あまりにも明瞭な答えに、俺も頷く。

「ハイエルフは自然のままを大切にしているからな。魔物同士やそこに住む生き物たちが生きるために食い合うのはともかく、自分たちでなにかを殺すってのは嫌ってるんだよ」

じゃあ俺たちが南の森で狩りをするのはセーフ、だよね？

別に遊びで狩りをしているわけじゃなく、俺たちも生きるために狩りをしているだけだけど、ちょっとだけ怖くなってしまった。

「ってことで神獣族の里から渡すものの大半は肉だから、手土産はいつも通りレイナの作った肉料理でいいんじゃね？」

「お姉ちゃんのご飯なら絶対大丈夫だよー！」

「それなら良かった。ちなみに大精霊様たちはどう？」

「そっちはほとんど顔出さねぇからわからねぇな。まあでも、北の大精霊たちが好きなもんなら大丈夫だろ」

「北の大精霊様たちが好きなもの……」

スノウか。

彼らはこの島の中でも特に生物と少し離れた存在っぽいから、食べ物とかより違う物の方が良さそうだもんなぁ。

とりあえず一度ハイエルフの里には挨拶して、そこでなにを持っていったら良いか聞くのが良さそうだな。

「うん、だいたいわかった。ありがとうね」

「おう」

「ところでさっきの件なんだけど……いつもあんな感じなんだって？」

「アラタ、テメェ顔がちょっとにやけてんぞ」

仕方ないよね。友人の新しい一面を知れて、嬉しいんだから。

一度家の外を見ると、レイナたちはまだ戻ってくる様子もない。

「ルナ、お前言いやがったな」

「え？　言っちゃ駄目だったの？」

「恥ずかしいだろうが！」

ああいうのが普通だと思ってたら、別に恥ずかしいなんて思わないよね。

それくらい、エルガとリビアさんのイチャつきは日常茶飯事ということなのだろう。

「えー、でもお兄ちゃんたちだっていつもあんな感じだし、普通じゃん！」

「ぐっ！」

エルガを弄《いじ》ろうと思ったら、予想外の方から攻撃を受けてしまう。

いや、そもそも俺とレイナは家族であり友人であるけど、エルガたちみたいに結婚しているわけでもないし、あんな風に人目も憚《はばか》らずイチャイチャなんてしないから、と心の中で言い訳していると、今度はエルガがにやりと笑う。

「お前らのことも、もっと聞かせろよ」

そう言われて、俺は降参して謝ることしか出来なかった。

◇

家に戻る頃には空が紅《あか》く染まり始めていて、レイナはすぐに夕食の準備に取りかかる。

この時間になると俺は手伝えることがないので居間に行くと、スノウとカティマが遊び疲れたのか、二人並んで眠っていた。

あれだけ遊んでいたのに二人とも格好が小綺麗なので、恐らく風呂にも入った後なのだろう。

「それにしてもスノウ、幸せそうな顔で寝てるなぁ」

カーペットの上に大の字になって口を大きく開けている姿は、なんというか愛嬌がある。

両手を広げて、お腹を出して……その光景がちょっと面白い。

子どもって変なポーズで寝たりするけど、もしスマホがあれば動画で撮ってしまっていたかもしれない。

その隣ではカティマが守るように横になっていて、仲の良い姉妹みたいだ。

「この感じだと、カティマは今日泊まっていく感じか」

客間は用意しているし、スノウも喜ぶから泊まることにはなんの問題もない。

いつも振り回しているけど、それくらいスノウはカティマのことが大好きだから、遊びに来るととてもご機嫌になるしね。

「そういえば、エルフとアールヴって仲良いのかな？」

なんとなく、信仰している存在が違うので仲が悪いイメージ。

それにファンタジーだとエルフとダークエルフというのはそれぞれ敵対関係にあることが多いか

ら、余計にそう思ってしまうのかもしれない。

「まあダークエルフじゃなくてアールヴなんだけど……」

そういえば前にシェリル様が世界樹から離れた理由を聞いたとき、南の大精霊様たちが真面目すぎるからと言ってたのを思い出す。

嫌いというわけではなさそうだったけど、あまり話題に出さない方が良さそうかも。

グエン様もジアース様もシェリル様に育てられたって話だし、話を振るのは少し注意した方が良さそうだ。

「可愛いわね」

食事を持ってきたレイナが、スノウたちの光景を見て笑う。

よほど疲れているのか二人とも起きる気配はない。

「どうしよっか」

「このまま寝かせてあげたらいいんじゃない？　起きたらすぐ食べられるものを用意しておくし」

「そうだね」

今日俺が狩ってきた熊肉のシチューを食卓に並べる。

ジビエってもっと臭みがあると思っていたんだけど、どうやら事前に下処理をしていたのかまったく気にならなかった。

それに野菜やハーブなんかも入っていて、見た目も食欲を誘う。

熊肉を口に入れると、思った以上に柔らかい。

というか初めて食べたけど、もっと歯ごたえがあってクセも強いと思っていたから正直かなり予想外だった。

「どうかしら？　結構煮込んだから柔らかく出来たと思うんだけど」

「うん、凄く美味しいよ！」

「良かった」

とろっとしたシチューにとても合ってるし、スプーンが止まらないな、と思ってたらレイナが少し焼いたトーストを用意してくれた。

「レイナ、それは反則じゃない？」

シチューに付けると固かったトーストが柔らかくなり、味が染み込む。

一緒に野菜や肉を口に入れると、想像以上の旨みが口の中に広がった。

「うっまぁ……」

「ふふ」

思わずエルガみたいに叫びそうになるのを抑えて、とにかく感想を言うと、レイナは嬉しそうにこちらを見て微笑んでいた。

——ああ、なんかこういうのがいいよなぁ。

本当に何気ない日常なのだが、これがとても愛《いと》しく思う。

こんな日々がいつまでも続いたら良いな、なんて思っていると窓の外から二人の吸血鬼がこちらを見ていることに気が付いた。

「おい、飯食いに来たぞ。甘々なのがいいな」

「レイナ、母の食事を頼めるだろうか？　ついでに私の分も貰えると助かる」

二人はそのまま入口に回ることなく、その場でこちらを見ていた。

理由はわかる。

今のやり取りをずっと見ていたことを理解したレイナの顔が羞恥心に染まり、そしてそれこそがこの真祖の吸血鬼、ヴィルヘルミナ・ヴァーミリオン・ヴォーハイムにとっての食事だからだ。

「けけけ、美味しい食事をありがとう」

悪い笑みを浮かべたヴィーさんは、そのまま窓をよじ登って入ってきて、当たり前のように俺の隣に来る。

「さあ食事の時間だアラタ。腕を出せ」

「そういうのはまた別のタイミングでお願いします」

「ほら、別に普通の食事でもいいんでしょ？　だったらこれ食べてよ」

レイナがシチューを入れた皿をヴィーさんの前に置く。

ぱっと見た感じでも十人分くらいは作ってあるのは、いきなり誰かが来ても良いようにだろう。

シチューなら翌日も食べられるし、色々と考えてて凄いよなぁ……。

再びキッチンに戻ったレイナの背中を視線で追い、尊敬の気持ちがわき上がる。

「おいアラタ。最近ちょっと色ぼけが酷いぞ」

「なんのことかな？」

「エプロン姿のレイナの尻を見つめていただろ。スカートがひらひらしててエロいのはわかる」

「背中ね、背中」

あまり反応してしまうと過激化するので淡々と返す。

このやり取りももう慣れたものだ。

たしかに、エプロン姿のレイナの後ろ姿は色っぽさがあって見とれてしまうときがあるのは否定しないけど、そういう目でばかり見ているわけじゃないのだ。

「今のは私もわかるくらい、レイナを優しげに見つめていたぞ。まあいいが、あまり母をないがしろにしないで欲しい」

そう言うと、ヴィーさんの真似をするように窓からエディンバラさんも入ってくる。

どう考えても悪い影響を受けているなぁ。

前まではちゃんと玄関から入ってたのに……と思っているとノックが聞こえた。

「あ、出て行かないと」

「「逃げた」」

吸血鬼親娘《おやこ》がそう言うのを背に、俺は玄関に向かう。

俺たちの家は基本的に鍵もかけてないし、ルナやティルテュが遊びに来たら勝手に入ってきていいよと言っているため、こうして丁寧な対応をしてくれる人は限られている。

案の定、扉を開くとそこには困った顔のゼフィールさんがいた。

「アラタ殿こんばんは。こちらにエディンバラ様たちは来てますよね？」

「はい、なんかヴィーさんと一緒にご飯食べに来たみたいですよ。あ、せっかくだからゼフィールさんもどうですか？」

そう提案すると、ゼフィールさんは少し迷った顔をしたあと頷いた。

ご近所付き合いは大切だ。

特にこの島ではレイナの料理があまりにも美味しすぎて、俺たちだけで独占するのもずるい気がするし。

「エディンバラ様、あまりアラタ殿に迷惑をかけてはいけませんよ」

「む、ゼフィールか。貴様だってご飯食べに来ているじゃないか」

「ワシはちゃんと家主の許可を得てから来ました」

「むぅ……」

入ってきたゼフィールさんはさっそくエディンバラさんに小言を言う。

まるで孫に物事を教えるお祖父《じぃ》ちゃんだ。

その横では我関せずの態度でシチューを食べ続けるヴィーさん。

どこから出したのか、赤ワインをグラスに入れて一人優雅な夕食を楽しんでいた。

「んんんー？」

そして人が増えて少し煩《うるさ》くなってきたからか、寝ていたスノウがもぞもぞと動き出した。

身体を起こして、目をこすり、そして鼻をピクピクとさせ……。

「ごはん！」

「うご――!?」

「あ……カティマごめん」

ぱっと立ち上がり、隣で寝ていたカティマのお腹を踏んで謝っていた。

苦しそうだが、スノウにお腹をさすられたカティマはちょっとだけ嬉しそうにも見える。

「ふ、ふふふ……」

まるでコントみたいなやり取りに、まず笑ったのがエディンバラさん。

そして釣られるように、その場にいた全員が笑いだした。

「……？」

スノウはなんでみんなが笑っているのかわからない様子。

それが余計に笑いを誘って、食卓が明るくなった。

「ほらスノウ。こっちおいで」

「うん！」

俺が手を伸ばすと、飛びついてきて腕の中にすっぽりと入る。

俺の分は食べ終わったので、レイナがスノウの皿を用意してくれる。

「おいしー！」

その声でまた周囲の雰囲気が柔らかくなり、この子がいてくれて良かったなぁと思った。

第二章　世界樹の天敵

今度こそハイエルフの里に挨拶に行こうと計画して数日。

レイナと相談して、以前神獣族にも好評だった角煮マンみたいな肉を挟んだまんじゅうを持っていくことにした。

「これなら持ち運びもしやすいからね」

以前と同じようにレイナが準備した素材を俺が挟んでいく作業。

あのときは俺一人でやっていたが……。

「わーい」

「あ、これ大きいからルナのにしよーと」

「こらルナ！　レイナがあとで作ってくれるから今は作業に……む、むむむ、美味《うま》そうだな……」

子どもたちも並んで一緒に作業中。

さすがにこの人数だとレイナ一人では下準備が間に合わないので、遊びに来たリビアさん、それにセレスさんとエリーさんが手伝っている。

なんだかあっちはとても華やかだな。

最近よく恋バナで盛り上がっているらしく、女性陣は仲が良い。

なんてことを、微妙に輪には入れてないカーラさんが言っていた。

——まああの人はあの人で、マーリンさんたちと一緒に仲良くやっているみたいだけど。

これだけ人が増えてくると、なんとなくグループみたいなものが出来ていて、セティさんとアークも結構上手《うま》くやっているみたいだ。

すでに鬼神族に馴染んでいるゼフィールさんを除くと、新しく来た人たちと、この島の住民たちの交流はまだ薄い。

けどこれから新しい繋がりも広がっていくんだろうなと思うと、楽しみになってきた。

「おいアラタ……食っちゃダメか？」

「エルガは見てるだけなんだからダメだよー」

「手伝おうとしたらお前がダメって言ったんだろうが！」

ルナが自分たちの作っている角煮マンを守るように両手を広げる。

「まあまあ喧嘩しないで。ほら、エルガもやろうよ」

ルナとエルガが言い合いを始めるが、それを止めるのは俺の役目だ。

「えー、これルナたちの仕事なのにー」

「みんなでやった方が楽しいからね」

ちなみにルナがダメと言った理由は、まだルナが一人での狩りを認められていないからだ。

だから今回自分が活躍出来ることを取っちゃダメだって、エルガに言ったらしい。

「むー……じゃあルナもっとたくさん作るもんねー」

「スノウもー！」

「ぬ、なら我も負けぬぞ！」

と、子どもたちのペースが上がり、それを見た俺とエルガは思わず苦笑してしまう。

熊肉、鹿肉、それにウサギの肉。

他にもカティマが持ってきた山菜を挟んだりと、色んな味が出来ていく。

あとのときはエンペラーボアの肉だけを挟んでいたが、この島に慣れてきて色んな素材を使えるようになってきた。

なんて思っていると、手伝っているエルガが作ったのを食べようとしていた。

「エルガ？　レイナに怒られるよ」

「お、う、えと……おう……」

普段のレイナはともかく、料理中のレイナに逆らう人はこの辺りにはいない。

あの自由奔放なスザクさんやヴィーさんですら、本気で警戒しているくらいだ。

エルガは少し未練を残しながらもまんじゅうを置き、次の作業に入る。

「よし、こんなもんかな」

みんなで作ったからか、凄い量のまんじゅうが出来上がった。

ハイエルフの里にどれくらいの人がいるのかわからないが、これだけあればさすがに足りるだろう。

「「「……」」」

子どもたちの目が怖い。

外を見ればすでに太陽が頂点を越え、昼飯時である。

つまり、この腹を空《す》かせたリトルモンスターたちは今、自分たちで作ったまんじゅうを狙っているのである。

「はいはい、そんな目で見ない。せっかくだから、今からは自分の分を作りましょうね」

そうしてレイナが残った具材を取り分けやすいように大きめの皿に分けてテーブルに置いた。

自分の好きな組み合わせで食べるというのは、子どもにとってはワクワク感もあって嬉しいものだ。

我先にとテーブルに飛びかかり、自分の分を作り始めた。

「鶏肉ー鹿肉ー熊肉ー」

「ウサギーウサギーウサギー」

「我はどれにしよっかなー」

そんな風に機嫌良く歌いながら、自分の持っているまんじゅうに挟んで行く。

しかしスノウ、ウサギの肉は小さくて結構貴重なのに、ふんだんに使うとは中々やるな。

「アークはどれが好きかしら？」

「前に脂が少ない方がいいって言っていたので、こっちの方が……」

ここにはいない男性のことを想って作ってる女性陣二人の今後も気になるなぁ。

また男だけで温泉に行って、アークを追及しよう。

◇

楽しい昼食会を終えた後は一度解散し、残ったメンバーだけで南の森へと進んでいく。

俺とレイナとスノウ、それにルナたち神獣族三人が一緒になって南の森に向かっていく。

「ティルテュちゃんも来られたら良かったのになぁ……」

「ハイエルフたちに恨まれてるらしいからねぇ」

スノウが残念そうな声でそう言うが、過去に世界樹の蜜を無理矢理奪ったことでハイエルフに嫌われてる自覚があるらしく、一緒に来なかったのだ。

まあ巡り巡って大精霊であるスノウの物になったし、ハイエルフ側にとっても悪い結果ではないのだから、説明すればわかってくれるだろう。

そしたら今度こそ、ティルテュを連れて一緒に行けば良い。

「あのときの光景、凄く綺麗だったもんなぁ」

思い出すのはこの島とは異なる雰囲気の幻想的な森。

ぜひみんなでピクニックをしたいところだ。

そんなことを思いながら進んでいくと、エルガたちがいきなり別方向に向かう。

「あれ？　そっちだったっけ？」

「おう、神獣族が行くときはこっちから来てくれって道があるからな」

そうして進んだ先には、少し不自然な感じで木々が開けた場所に辿り着く。

ここかな？　と思ったらエルガたちはそのまま通り過ぎて再び森に入った。

そしてしばらく歩くと――。

「あれ？　また同じ場所に出た……？」

先ほど出てきた開けた場所に出る。

おかしいな、特に曲がったりせず真っ直ぐ進んだはずなんだけど……。

「気にすんな」

エルガの確信した物言いから、特に迷ったというわけではなさそうだ。

今度はまた別のところから森に入り、そして同じように広場に出る。

そのように三回ほど繰り返したあと、再び森を抜けると景色が変わり――。

「よし、これで結界を抜けてハイエルフの里に……は？」

「え、なにあれ……」

以前来たときも思ったが、ハイエルフの里はあまりにも自然な世界だ。

美しさ、という観点で見れば間違いなく俺がこれまで見てきたどんな場所よりも美しい。

自然すぎて不自然、と思ったくらいだが、それがハイエルフの里なのだと思っていた。

そしてそれを象徴しているはずの世界樹が——。

「白い、靄《もや》？」

「なにが起きてんだこりゃぁ」

遠く離れた世界樹が白い靄のようなもので覆われて、ほとんど見えなくなっていた。

森自体に大きな変化はない。

木々は島のそれよりも大きく、大地に咲き誇る花は生命力に満ちあふれている。

川の水はキラキラと陽光を反射してきらめき、動物たちはのびのびと争うことなく過ごしていた。

ありのままの自然がそこにあり、楽園という言葉がこれほど似合う場所はないだろう。

だからこそ、再び思う。

——これはあまりにも、不自然だ、と。

「さて、こいつは予想外だな」

白い靄に包まれた世界樹を見上げながら、エルガが少し困ったような声を出す。

「今までこういったことはなかったの？」

「ああ。そもそも世界樹は世界の柱みたいなもんでな。大精霊たちがこの島に来たのも、世界樹がこの島に根付いたかららしいんだが……」

以前来たときはどんなに遠くからでもはっきりと見えたはずの世界樹。

それがまるで蜃気楼のように揺らめいていて、エルガも戸惑っている様子だ。

「あなた、私は長老にこのことをお伝えしてきます」

「だな。おいルナ。お前も一緒に行ってこい」

「えー」

ルナが不満そうな声を上げるが、緊張した面持ちのエルガに諭されて諦めたようにリビアさんの方に行く。

あまり焦ったようには見えないが、それだけ危険があるかもしれないってことだろう。

「レイナもだよ」

「……でも」

「さすがにこれは、駄目」

この異常事態、俺だけなら多分なんとでもなるけど、レイナまで守れるかどうかはわからない。

だから強く言うと、顔を俯かせたあと頷いた。

「……」

「スノウ？」

ふと、なにも言わずにじっと世界樹を見つめるスノウが、ボーッとした様子で歩き出す。

「行かなきゃ……」

「スノウどこへ！　なっ――!?」

危ないと思って俺が手を伸ばした瞬間、スノウの身体《からだ》が黄金の粒子となって消える。

「え……？　うそ……スノウ？　スノウ!?」

突然いなくなったことでレイナが取り乱す。

慌ててスノウの消えた方向に走り出すが、今のこの場所がどういう状況なのかわからない以上、一人にするわけにはいかなかった。

後ろから捕まえて、彼女と視線を合わせる。

「レイナ！　落ち着いて！」

「でも！　スノウが――っ！」

正面から思い切り抱きしめ、落ち着かせるように優しく背中をさする。

最初は俺の腕を引き離して探しに行こうと暴れるが、ぎゅっと押さえた。

しばらくすると身体を震わせながら諦めたように力を抜き、不安を隠すように無言で抱きついてくる。

「大丈夫、俺がなんとかするから」

「本当？」

「うん、約束」

瞳に涙を浮かべたレイナの目元を拭ってあげる。

そうしてもう一度抱きしめると、ようやく安心したのか身体の震えを止めた。

「レイナは家に戻ったら、ヴィーさんに今回のことを伝えてくれるかな？」

普段はふざけているが、知識も豊富でこの島のことに詳しく、なんだかんだ一番頼りになる存在だ。

スノウのことも可愛《かわい》がってくれているし、彼女ならきっと今回の件も力になってくれるはず。

「エルガ、手伝ってくれる？」

「おう。さすがに今回はちょっと面倒なことが起きてそうだ。それに……」

エルガは真っ直ぐ俺を見て、力強く笑う。

「これでも、俺はお前らの兄貴分のつもりでな。こういうとき力にならず、いつなるってんだ」

「ははは、本当にありがたい」

俺の身体はたしかに頑丈だし、怪我《けが》をしないのかもしれない。

だけど実際、こうしたファンタジー的な問題に対処する知識もなければ、経験もない。

そんな中で協力してくれる人がいるのは本当に心強かった。

――本当は、レイナも一緒の方が色々といいのかもしれないんだけど……。

それでも彼女を危険な目に遭わせたくはなかった。

「じゃ、行くか」

「うん」

◇

レイナたちはハイエルフの里から島に戻り、俺とエルガは二人だけで先に向かう。

森の木々は大きいが、それでも普段から狩りなどで島を歩き回っているので、特に問題なく進むことは出来た。

とはいえ、その動きに反して焦りは大きい。

警戒心のない動物たちは俺たちが近づいても逃げることなく、以前と変わらず、この世界は争いとは無縁なのだろう。

「ねえエルガ、スノウの身になにが起きたかわかる？」

「いんや、だがあいつはチビだけど大精霊だ。なにかあってもなんとか出来る力はあるはずだから、心配すんな」

「……うん」

その言葉に頷きこそするが、俺の心は決して晴れることはない。

いつもレイナや俺にくっついて甘えてくるあの子が、たった一人で離れてしまった。

不安がっているかもしれない。

ぱぱ、まま、って泣いているかもしれない。

そう思うだけで、胸が痛くなる。

「やっぱりおかしいな」

隣を走っているエルフ、エルガが、そう呟く。

「エルフかハイエルフ、まあどっちでもいいんだが、これだけ森を進めば大抵一人くらいは会えるもんなんだが……」

「神獣族の里みたいに住処《すみか》があるわけじゃないの？」

「ああ。この世界全体がハイエルフの里だからな」

「この世界全体が……」

結構走ったが、それでも世界樹はまだかなり遠くにある。

逆に入ってきた結界の反対側もまた、広大な森が広がっていた。

俺たちがいた島より大きいかはわからないが、端から端まで見てもその全容はわからないくらい大きいのは間違いない。

「アールヴとは結構違うんだね」

「元は一緒だが、長い年月を離れて暮らせば大きな違いも出てくるもんだ」

幸いなことに、この世界には敵対するような魔物はいない。

俺とエルガが全力で走れば、遠くにあった世界樹もどんどんと近づいてきて――。

「っと、ようやくか」

世界樹の根元まで来たところで足を止めたのは、そこに待ち伏せするようにハイエルフたちが並んでいたから。

警戒されているわけではなさそうだが、感情の薄い瞳でじっとこちらを見られると少し緊張感がある。

そんな中、一人のハイエルフが前に出た。

長い金髪に白のドレス。その上から自然の色をしたマントを羽織った彼女は、以前出会ったハイエルフの女性だ。

背後に並んでいる他のハイエルフたちも同じような格好だが、一人だけ宝飾類が豪奢であり、特に美しい容姿をしているため目を引いた。

「エルガ、それにお父上。お久しぶりですね」

あまり表情を変えず、淡々とした声。

俺をお父上と呼ぶのは、大精霊であるスノウの父親だからだろう。

「ようブリュンヒルデ、なんだよこれ」

「……」

エルガの問いに、ブリュンヒルデと呼ばれたハイエルフの女性はなにかを考えるように沈黙を続

ける。

　そして軽く手をかざすと、それが合図となって他のハイエルフたちが森の奥、世界樹の方へと消えて行った。

「ふぅ……」

　彼女一人になったところで表情を崩し、愁いを帯びた表情で溜め息を吐く。

「見ての通りです」

「いやいやいや、そりゃ……」

「我々の力不足です。このままではまた世界樹が暴走をしてしまうかもしれません」

　事情を知らない俺からすると、彼女がなにを言っているのかわからない。

　エルガも首を傾げていて、しかし重要なことを言っているのがわかっているのか、言葉を挟まずに聞くことに徹していた。

　ブリュンヒルデさんは今にも崩れそうな世界樹を見上げる。

　上の方に関してはやはり白い靄の影響で上手く見えないが、地上付近は靄などもなくはっきりと見え、根元が腐りそれが遥か上空の枝まで浸食しているようにも見えた。

「魔力を失った世界樹は、自らの飢えをなんとかしようと周囲の生物を無差別に襲うのです」

「え……」

　その言葉に、俺は絶句する。

だってスノウは今一人なのだ。

こんな状況では、いくら大精霊でも危険があるかもしれない。

「あの！　スノウが……前に俺と一緒にいた大精霊の子どもが消えたんですけどなにか知りませんか!?」

「世界樹の求める魔力は莫大。とはいえ今はミリエル様たちが魔力を与えて抑えているので、すぐに危険はありません」

その言葉に少しホッとする。

しかし同時に、今すぐでなければ危険があるかもしれないということだ。

「スノウ様が消えたのは、他の大精霊様たちと同じように世界樹に魔力を与えるためかと思われます」

「っ――」

「世界樹と大精霊様は一心同体。ある意味、あの方々の本体こそが世界樹なのです。そこに危機が迫っていたことで、無意識に動いてしまったのでしょう」

「……それで、スノウは今どこにいるんですか？」

「世界樹の中で同化しているかと思われます。見つけ出すには、今の状況をなんとかしないと難しいかと」

「っ――!?」

なんとなく言っている意味はわかってきたが、それでもブリュンヒルデさんの言葉は端的というか、細かい説明がなされていないため焦りが強くなってしまう。

そのせいでだんだんと苛立ちが強くなってくる。

意味不明な言葉で濁すな！　スノウを見つける方法をさっさと教えろ！

そう怒鳴りたくなってしまった。

「落ち着けアラタ」

「エルガ……でも！」

一歩前に出かけたとき、エルガに肩を摑《つか》まれた。

「なんとなく状況は理解出来たから、俺に任せな」

この島で生活をしていたエルガは理解出来たのか、納得した様子。

だが同時に、その顔が若干強《こわ》ばっていて、今が相当不味《まず》い状況だということはわかった。

「おいブリュンヒルデ、世界樹はこの島から魔力を得ていたはずだろ？　なんでこんなことになってんだ？」

前に出てそう尋ねたエルガに対して、ブリュンヒルデさんは少し顔を伏せる。

「ここ最近、何度も島の結界が揺らいでいたせいで、やつらの封印が解けてしまったのです」

「やつら？」

「世界樹の根を喰らう蛇ニーズヘッグ。若き芽を喰らう四匹の牡鹿《おじか》ダーイン、ドヴァリン、ドゥネイル、ドゥラスロール。そして……」

再びブリュンヒルデさんは世界樹の頂点を見上げる。

「魔力を奪い世界を照らす光、雄鶏《おんどり》ヴィゾーヴニル」

◇

ハイエルフの里は他の種族たちの村のように種族が集まって住むような場所はないらしい。

代わりに彼らは自然と共に生き、この世界の木々や草の中で寝たりして生活をするそうだ。

「今、私はここに住んでいます」

ブリュンヒルデさんに連れられてきたところにあったのは青い花が一面に広がった草原と、一本の大きな木。

世界樹まで遮る物はなく、なにかあってもすぐに辿り着けるような場所だ。

ブリュンヒルデさんが木の中に入って行く。

——正直、なにを考えてるのかわかりづらすぎる。

ハイエルフ特有のペースというか、感情が読めないからか、もしくは本人が意図的にそうしているのか、彼女とのコミュニケーションが難しいと思った。

カティマも最初はあんな感じだったし、慣れればまた変わってくるのかもしれないけど……。

「さてアラタ、状況は理解出来たか？」

「……実はまだちゃんとは」

「まあブリュンヒルデ、というよりハイエルフたちはあんな感じで説明が下手だからな。改めて俺が教えてやるよ」

そう言ってエルガは草原に生えている大きな花に腰掛けた。

弾力があって、それ自体がソファのように柔らかい、島でも見たことのない不思議な花だ。

「まず状況の整理だ。世界樹が枯れ始めてる、ってのはわかったな？」

「うん。それで、飢えている状態だから膨大な魔力が必要ってことだよね」

「おう。ただまあ、これ自体は実は問題じゃねぇ」

エルガは一つ一つ丁寧に説明してくれる。

世界樹が枯れるというのは千年に一度起きる自然現象らしい。

――そういえば、初めてブリュンヒルデさんと会ったときも自然現象って言ってたっけ。

普通の木だって冬になったら一度葉が枯れ、そして春にまた新しい葉が芽吹く。

千年に一度というと規模は大きすぎるが、納得の出来る話だ。

「本来世界樹ってのはこの島から魔力を吸って、その魔力で新しい枝や葉を生む。そうして新しい芽がまた成長して次の世界樹となるんだが……今回はそこに問題が起きた」

「さっき言ってた封印が解けた魔獣のことだよね。ニーズヘッグとかだっけ？」

他の魔物の名前はちょっと覚えきれないけど、こいつだけは昔やったゲームなんかでもたまに出てくる名前の魔物だから覚えていた。

龍のイメージがあったけど、さっきの話だと蛇らしい。

「正直、この島に住む人たちが蛇の魔物程度になにかをされるイメージがなかったんだけど……」

「そりゃ勘違いだ。蛇は昔から神を堕とす怪物ってことで、俺ら神獣族でも警戒するような相手だからな」

「そ、そうなんだ……」

もちろん、俺の知っているような普通の蛇とは異なるのだろう。

そういえば神話だと蛇って堕落の象徴だったり、無限の象徴だったりするもんな。

「でだ、このニーズヘッグってのは世界樹を喰う天敵でな。こいつに喰われている間は、いくら魔力を吸ってもそのまま漏れちまう」

「穴の空いた桶に水を入れる感じ？」

俺がそう言うと、エルガはコクリと頷いた。

「厄介なのがこのニーズヘッグ、死なねぇうえに世界樹から絶対に離れねぇんだ」

存在意義が世界樹を食べることで、それ以外には一切の興味を示さない不死の怪物。

蛇、と言うが実際は概念的な存在らしく、無理矢理引き剝がすことも出来ないらしい。

「なんでそんな怪物が存在してるの？」

「世界樹は世界の柱みたいなもんだからな。いつか神が世界を作り直すとき、こいつに世界樹を喰わせて終わらせるつもりだったらしい」

「神……」

この島には神に匹敵する力を持つ存在がいるが、おそらく創造神とかそういう存在の方だろう。

実際、ヴィーさんを完璧な存在として作ったのもその神の一柱だと言うし、それなら大精霊様たちでも苦労するのはわかる。

俺をこの世界に転生させたのと同等なのかまではわからないが、凄まじい力を持っているのは間違いなさそうだ。

「まあ問題なのはこいつだけじゃないっぽいけどな」

「四匹の牡鹿だっけ？」

世界樹の芽を食べている存在というのはわかった。

「ダーイン、ドヴァリン、ドゥネイル、ドゥラスロールです」

家から出てきたブリュンヒルデさんが、そう補足してくれた。

彼女の格好は先ほどまでの白いドレスから、戦装束のように替わっている。

大きな槍など、自然を愛するエルフらしからぬ格好に思えた。

エルフと言うより、戦女神と言った方が似合っている。

「その格好は？」

「これよりあの牡鹿どもを叩き落としてきます。やつらは芽を食べているときしか攻撃が通じないので」

　そう言ってブリュンヒルデさんは駆け足で世界樹に向かって行く。

「俺たちも行くか」

「うん」

　エルガと共に追いかけながら、話の続きを思い出しながら纏めていく。

「えっと、まず蛇のニーズヘッグが世界樹の根元を囓《かじ》ってるから、魔力が漏れちゃうんだよね」

「そうだ。しかも倒せず、剝がせず、食べること以外はなにもしない厄介なやつだ」

　世界樹も自然治癒能力は高いが、それでも追いつけないくらいのペースで食べているため、魔力が漏れ続けているということ。

「それで、今から倒そうとしてる牡鹿が若い芽を食べるんだよね」

「だな。こいつらも死なないうえ、世界樹の芽を食べてるとき以外は一切触れることすら出来ない存在らしい」

　さすがは世界を壊すために作られた魔獣というか、厄介すぎる性質だ。

　対処として、食べ始めたらすぐに枝から叩き落とすということしか出来ないが、引き離すことが出来るだけマシらしい。

「ただまあ、一番厄介なのはあれだ」

そうしてエルガが指を差したのは、世界樹の頂上にある光。

――魔力を奪い世界を照らす光、雄鶏ヴィゾーヴニル。

ブリュンヒルデさんが最後に言ったその怪物。

そいつが世界樹から魔力を奪い続けているうえ、他の怪物と同じように絶対に倒すことが出来ない存在らしい。

「んで、封印が解かれたこの怪物たちをもう一度封印したいところだが、ハイエルフたちの話じゃ力が足りなくて封印することすら出来ないんだってよ」

「あ、そっか。元々ニーズヘッグとか四匹の牡鹿も封印されてたんだもんね」

この島の結界が不安定になって復活してしまったらしいが、なにか対処法はあったのだろう。

ヴィゾーヴニルたちを封印することすら出来なくなってしまったため、これまでも魔力を奪われ続けていたそうだ。

今は大精霊様たちが奪われる魔力以上に魔力を注いでいるから世界樹が暴走することはないが、それも時間の問題。

「せめて復活したことにもっと早く気付けてたら、状況はもう少しマシだったかもしれねぇな」

「……」

世界樹に到着すると、ハイエルフたちが集まって駆け上がっていた。

そして登り切って芽を食べようとした牡鹿を枝から叩き落とす。

「普通の鹿に見えるけど……」

「あの高さから落ちて無傷な鹿だけどな」

まったく懲りた様子もなく、牡鹿は世界樹を垂直に登っていく。

道中で芽を見つけたのか、再び食べようとした瞬間にハイエルフの放った魔法が飛んできて落とされた。

彼女たちはそれを何度も繰り返している。

ずっと、ああして世界樹を守ってきたのだろう。

「ニーズヘッグに根元を喰われてるが、ああして新しい芽を守れば魔力が回復するらしい」

「そっか……」

俺は一度、牡鹿を殴ってみる。

だが当たらない、というより存在していないかのようにすり抜けてしまう。

どうやら芽を食べているとき以外は本当にどうにもならないらしい。

「ハイエルフたちも結構疲れてそうだな」

「うん。交代でやってるみたいだけど、少なくとももう一ヶ月くらいはこんなことを繰り返してるんだもんね……」

戦争の籠城戦みたいなものだ。とにかく増援もないため、持てる手段だけでずっと同じことをし続けなければならない。

以前俺たちがハイエルフの里に来たとき、すでにこの状況だったのだろう。

絶対に死なない怪物を相手に、彼女たちはずっと戦ってきたのだ。

「よし！」

「ん？　どうするんだ？」

「とりあえず、あの牡鹿たちを一回なんとかしてみる」

俺は登っている牡鹿についていく。

近くで警戒しているハイエルフの人が怪訝な顔をしているが、今回は手を出さないで貰おう。

そして牡鹿が芽を食べようとした瞬間――。

「喰らえぇぇぇぇぇ！」

手加減なしの全力で殴る。

かつてエンペラーボアを遥か遠くのティルテュの住処まで飛ばしたことがあるが、今回はそれ以上に力を込めた。

凄まじい勢いで空まで飛んでいった牡鹿は、一瞬で見えなくなるくらい遠くまで飛んでいく。

「よし！　これなら結構時間を稼げるはず！」

なにせこいつら、世界樹の芽を食べることにしか意識が向かないのか、走ったり焦ったりせずのんびり歩くのだ。

この世界の端がどれくらい遠いのかわからないが、あれだけ飛ばせばこの鹿たちのペースだったら一日は戻って来られないだろう。

「……」

ぽかーんとハイエルフたちは俺を見てくるが、今は次だ。

順番に登ってきた牡鹿を殴り、四方に飛ばしていく。

根本的な解決にはならないが、これでハイエルフたちも少しは休むことが出来るはず。

一度地面に降り、エルガのところまで戻る。

「お前、前よりパワー上がっててんじゃねぇか？」

「え？　そうかな？」

普段あまり全力を出さないので、その辺りはよくわからなかった。

ただスノウが消え、その原因であるこいつらには怒りが沸いてくるのだ。

「お父上、ありがとうございます」

世界樹の上にいたハイエルフたちも地面に降り、代表してブリュンヒルデさんがお礼を言ってくる。

見れば疲労の色も濃く、かなり長い間まともに休めていなかったのだろう。

他のハイエルフたちも、ホッとした様子。

だが安心しているところで悪いが、俺にとって今一番大事なのはスノウなのだ。

「どうすればスノウを助けられますか？」

「世界樹を襲っている魔獣たちを再び封印出来れば、あるいは……」

倒す、というのは無理なのだろう。

ブリュンヒルデさん曰く、あの魔獣たちを再び封印するにはやはり大精霊クラスの力が複数必要だという。

この世界の神はどれだけ厄介な魔獣を作ってくれてるんだ……。

「しばらく、危険はないんですよね？」

「それは間違いありません。あくまでも世界樹に魔力を与えているだけですから。ただ、それも限界が来たら……」

「ならすぐに行動します」

牡鹿を遠くに飛ばしたことで、世界樹の回復は多少出来るのだ。

「根元に案内してください」

「ニーズヘッグを倒す気ですか？　あれは死なない魔獣ですし、牡鹿たちと違って剝がれることもありません」

「やってみないと、わかりませんから」

ブリュンヒルデさんの案内で世界樹の根元に辿り着くと、澄んだ綺麗な泉があった。

触れると、凄まじい濃度の魔力が込められていることがわかる。

「フヴェルヴェルミルの泉と言います。他にもいくつか泉があり、ここから島全体の魔力を得ているのです」

「それで、あれが……」

「はい。ニーズヘッグです」

蛇というより、ワニのような胴体と手足。

人程度であれば軽く一飲み出来てしまいそうな大きさだが、想像よりは小さかった。

周囲には無数の蛇がいて、世界樹の根元に噛みついている。

「ニーズヘッグの眷属共も死なず、剝がれず、世界樹を齧《かじ》り続けて穴を空けるのです」

エルガが小さな蛇を摑《つか》んで引っ張るが、蛇はまるで最初からくっついているように剝がれない。

殴りかかっても、そもそもダメージという概念がないように、根元を食べ続けていた。

「こいつはまたひでぇな」

「……」

神獣族の大戦士であるエルガですら駄目なら、恐らく単純な力業でどうにかなるわけではないのだろう。

試しに俺も蛇を掴んでみると――。

「あれ？　普通に剝がれた？」

そんなに力を入れたわけじゃないんだけど……。

「え？　そんなはずは」

驚いたブリュンヒルデさんが同じように蛇を掴むが、やはり剝がれない。

エルガも別の蛇を引っ張ってみるが、やはり結果は同じだ。

「お前、全力で引っ張ったとかじゃねぇよな」

「いやいや、こんな感じだよ」

他の蛇を掴むと、蛇は自分の意思のように剝がれてしまう。

蛇は俺に巻き付いたり軽く噛みついてきたりするだけで、それも本気には見えない。

特に抵抗する様子もなくぶらーんと噛みつきながら垂れる蛇を見せると、エルガは困惑した様子だ。

「こいつらって世界樹以外に興味がないはずだよな……？」

「すっごい噛みついてくるけど……俺って美味《おい》しいのかな？」

二人でぶらぶらと揺れる蛇を眺める。

対してブリュンヒルデさんは真剣な表情でそれを見つめて――。

「これなら……お父上！」

「あ、はい！」

「その蛇たちは、殺せますか!?」

彼女からしたら、世界樹を攻撃する害獣なのだ。

当然そう提案してくるし、俺としてもこいつらに対して情が移るなんてことはないので、くっついている二匹の蛇のうち、片方を地面に落として踏んでみる。

なにか特殊な結界でも張られているのか、まるで感触がない。

見たところ痛みを感じている様子すらないので、このまま殴ったり踏んだりしても殺すことは出来ないだろう。

「殺すのは駄目みたいですね」

「そうですか……」

このまま殺せれば問題が解決したから、残念そうだ。

ただこの蛇を引き剝がせるのであれば、これらのボスであるニーズヘッグももしかして……。

「ちょっとあいつもやってみますね」

根元に張り付いてガジガジと噛んでいる巨大な蛇。

その尻尾を摑んで引っ張ってみると、抵抗があった。

ただ、抵抗があるということは引き剝がすことも可能ということで——。

「お、おおおお！」

ミシミシと少し地面が浮き上がり、巨大な根元が浮き上がった。

だがさすがにこれだけの規模の大樹の根ということもあり、そこで止まる。

両手両足で必死に張り付くニーズヘッグだが、徐々に俺の力に負け始めて——。

「らああああ！」

気合いを入れて引っ張ると、世界樹から引き剝がせた。

なんだか甲高い変な声で鳴いて、すぐに世界樹の元に行こうと足をバタバタさせるが、そうはさせない。

尻尾を引き摺《ず》って、ブリュンヒルデさんたちのところまで持ってきた。

「いけました！」

「す、すごいですね……」

「おいおい、こいつはまた滅茶苦茶するじゃねぇか」

二人は驚いたようにニーズヘッグを見るが、力自体はそこまで強くないから、またなにか特殊な

力が働いていたのだろう。

実際、エルガが何度か攻撃をしてみるが、やはりダメージはなさそうだ。

——なんで俺だけ引き剥がせるんだろ？

理由はわからないが、これで問題の半分以上は解決出来た。

「っ——!?」

さすがに怒ったのか、ニーズヘッグが俺に噛みついてきた。

先ほどの蛇たちと違って大きな口は俺の腕を一気に飲み込もうと鋭い牙を刺してきて、ほんの少し痛みを感じる。

——痛み？

噛まれた腕を見る。そこまで大した痛さではないけど、俺に怪我《けが》をさせられる存在はこの島でほとんどいないはずだ。

それこそヴィーさんクラスが本気にならないと行けないはずだけど……。

まあ、今考えても仕方ないか。

「こいつをどうにかする手段ってありますかね？」

「そうですね……何分初めてのことですので……」

檻にでも入れればいいと思ったが、その程度でどうにかなるならこれまでも困っていないだろう。

収納魔法は生き物を入れられないし……。

「あ、そうだ」

俺はかつて大精霊すら閉じ込めた魔法を一つ知っている。

闇の牢獄——闇の大精霊シェリル様が使っていた、脱出不可能な空間だ。

「よし！」

自分が何度も放り込まれているから、感覚はなんとなく摑める。

とはいえ、この場で使ってしまってもし失敗したら大変なことになりそうだから、一度ニーズヘッグの尻尾を持ったまま空に飛ぶ。

「これでどうだ！」

空中で生まれたブラックホールのような空間。

そこに思い切りニーズヘッグを放り込むと、ニーズヘッグは再び足をバタバタとさせながら慌てたように暴れる。

しかし俺も以前経験したからわかるが、闇の牢獄には足場のような場所はない。

上下左右、ただの闇でありどちらを向いているのかすらわからない無重力地帯だ。

なにより、よほどの力がなければ魔力すら発生させることが出来ないのである。

奇声を上げながらニーズヘッグは闇に吸い込まれていく。

しばらく待ってみるが、飛びだしてくる気配はなかった。

「ふぅ……良かった」

一度発生させた闇の牢獄を解除してしまうとニーズヘッグが出てきてしまうため、空中に放置したまま地上に降りる。

「まさか……こんなことが……」

驚きすぎて反応が出来ないブリュンヒルデさんに対して、俺のことをよく知っているエルガは呆れた様子。

「今更だけどよ、お前どうなってんだ？」

「どうなってるって言われても……」

その言葉に俺自身もなにも言えない。だって本当に感覚で出来てしまうから。

そういえばさっき噛まれていたところ、どうなっているんだろうと思って見ると、すでに血は止まっていた。

さすが神様印のチートボディだ。

「まあ俺は俺ってことで、このまま蛇たちも片付けちゃおう」

さっきの鹿たちもそうだけど、これで根本的な解決になるわけではない。

だがかなり状況は改善されるはずだ。

俺が蛇たちを捕まえて闇の牢獄に入れている間、ブリュンヒルデさんとエルガが会話をしているのが聞こえてきた。

「……お父上なら、本当にこの状況を救える？」

「お前らハイエルフが他の種族から力を借りるのは極端に嫌がるのは知ってるが、このまま素直に頼ったら良いと思うぜ」

「エルガ……そう、ですね」

初めて聞いたけど、たしかにエルフは排他的なイメージはあるもんな。

今回話を聞いてくれているのも、俺が大精霊であるスノウの父親であることと、交流のある神獣族のエルガが一緒だからだったらしい。

――やっぱり、どんなに凄い種族でも、協力出来ることはした方がいいよなぁ。

俺はなんとなくレイナのことを思い出す。

彼女は俺と違って普通の人間で、この島の住人たちからすれば弱い存在だろう。

だがこの島で知り合った人たちの中で、今更彼女を軽んじるような者はもういない。

それはレイナがこれまで培ってきた色んな能力を駆使して、自分の立ち位置を確立したからだ。

「俺みたいに神様からチートを貰ったわけじゃないのに、凄いよなぁ」

もちろんレイナだけでなく、他の七天大魔導や勇者パーティーの三人も、それぞれこの島に馴染もうとしている。

それが凄いし、俺も負けないように頑張らないといけないなと思う。

「っと、これで全部かな？」

世界樹に齧り付いていた蛇たちを全部闇の牢獄の中に入れ終え、なにかを話し込んでいる二人のところに近づいて行く。

　ふと、視線を感じた。

　見るとリスがこちらを見て、驚いた顔をしている。

　なんとなく嫌な気配がしたので捕まえておこうと思った瞬間、凄まじい勢いで世界樹を登って行った。

「なんだったんだあれ？」

「あれはラタトスク。ニーズヘッグたちと同じ世界樹に巣くう害獣です」

「倒さなくていいの？」

「あれ自体に世界樹をどうこうする力はありませんので……ただ今回の件を頂上にいるヴィゾーヴニルに伝えられてしまうかもしれません」

　ラタトスクと呼ばれたあのリスは、先ほどのニーズヘッグと頂上にいる魔獣の伝言役を担っているという。

「まあ元々仲の悪い魔獣たちです。倒したことを報告したからといって、報復をしてくるということはないでしょう」

　警戒心は持つだろうが、そもそも世界樹から魔力を奪う以外に害のない生物たちだから関係ないとのこと。

「これなら、ミリエル様たちが戻ってきても大丈夫かもしれない……」

ブリュンヒルデさんが誰かに言うわけでもなく、独り言を呟く。

その声には寂しさや悲しさが込められている。

俺もスノウを助けたいから、早く解決したいと思った。

◇

ハイエルフたちが休んでいる森へ戻ってくると、彼らはこちらをチラチラと見てくる。

敵意はない。どちらかというと興味や関心、それに感謝の気持ちがある気がした。

それでもこちらに声かけをしてこないのは、あまり交流が得意じゃないからだそうだ。

「ニーズヘッグは、大丈夫でしょうか……？」

「今のところ闇の牢獄が壊されたりする気配はないですね」

唯一俺たちと一緒に行動をしてくれるブリュンヒルデさんが心配そうな声を出すので、俺は安心させるようにそう言った。

闇の牢獄は脱出不可能だとカティマも言っていたし、多分大丈夫だろう。

実際、火の大精霊様であるグエン様や大地の大精霊様のジアース様ですら脱出は出来なかった。

それにもし破られたら俺もわかるはずなので、そこは安心して貰いたい。

ブリュンヒルデさんはホッとした後、一度ハイエルフたちに事情を伝えるからと離れていった。

「闇の牢獄が通じるなら、あの鹿たちも放り込んでやれば良かったな」

「ただ何カ所も作ったらハイエルフさんたちが巻き込まれるかもしれないから、それだけは気を付けないと」

収納魔法と違って中になにかがいる状態で出したり消したり出来る魔法じゃないので、あちこちに闇の牢獄が出来てしまう。

ニーズヘッグを捕らえた場所は人の入らない世界樹の根元で、念のため空に作ったから大丈夫だと思うけど、もし世界樹の中心あたりに作って、誰かが間違って入ってしまったら大変だ。

個別で助けるということが出来ないので、一度全員解放しないといけなくなってしまう。

「まあ幸いなのは、あの鹿もニーズヘッグもハイエルフに危害を加える魔獣じゃないってことだね」

「だな。そんでまだ残ってるヴィゾーヴニルも、魔力を吸うだけで動かないって話だから――」

エルガとそんな会話をしていたら、外から叫び声が聞こえてくる。

慌ててテントから出ると、龍よりも巨大な鳥とハイエルフたちが戦っていた。

「なっ――!?」

「おいアラタ！　とりあえず加勢しに行くぞ！」

さすが大戦士として神獣族の里を守っていただけあり、エルガは俺が迷っている間に動き出して飛びかかった。

「おおおらあああ！」

巨大な鳥はエルガに殴られ、大樹を何本も折りながら遠くに飛んでいく。だがダメージが入っていないのか、すぐまたハイエルフたちに襲いかかろうとして、俺を見る。

そしていきなり方向転換してきてこちらにやって来た。

「アラタ！」

「大丈夫！」

俺とこの巨大な鳥との直線上にいたハイエルフが巻き込まれないよう、俺が飛び出す。

そしてハイエルフと鳥の間に入り、その身体《からだ》を受け止めた。

「よし！」

エンペラーボアを受け止めたときよりも強い力を感じたけど、それでも止められないほどじゃない。

だったら吹き飛ばすより、このまま押さえ付けて……。

「闇の牢獄！」

先ほどニーズヘッグを放り込んだものと同じ闇を作り、鳥を投げ込んだ。

なんだか変な声を上げているが容赦する気はなく、そのまま消えて行った。

「ふぅ……」

「よう、とりあえずお疲れさん」

「うん。でも結局あいつはいったい……？」

そう思ったが、負傷しているハイエルフさんたちの治療が先だろう。

見た感じ死者はいないようだが、あの鳥の方がハイエルフよりも強い力を感じたので、あのままだったら誰かが死んでしまっていたかもしれない。

「まさか、本当にヴィゾーヴニルまで捕らえてしまうなんて……」

ハイエルフさんたちが助け合っている中、ブリュンヒルデさんが近づいてくる。

今の台詞《せりふ》だと、さっきの鳥が世界樹を困らせる最後の魔獣だったのだろう。

「お父上、ありがとうございます。これでミリエル様たちを助けることが出来ます」

「でもあの鳥って世界樹から離れないんですよね？　なのになんで……」

明らかに俺を見た瞬間いきなり方向転換してきたけど、なんだったんだろう？

「それはわかりません……ニーズヘッグを引き離すことも出来ないはずでしたし、かつてない出来事が起きているのは間違いないのですが……」

悪いことが起きてなければいいんだけど、今はそのおかげで世界樹の魔力を奪う存在を捕らえることが出来たのだから良しとしよう。

「それで、大精霊様やスノウたちはどこに？」

「今はまだ世界樹と一体化して魔力を供給しているはずですが、ここからはもう自然回復で追いつくので、一日も経たずに出てくるかと思います」

思わず力が抜けてしまうと、エルガが背中を支えてくれた。

「そっか……」

「良かったな」

「うん。エルガもありがと」

まだ四匹の牡鹿《おじか》がいるが、それはハイエルフさんたちでなんとか出来るし、いざとなったらまた闇の牢獄に入れてしまえばいい。

とりあえずこれで、世界樹と大精霊を困らせる魔獣はなんとかなった。

「スノウが戻ってくるまで、ここで待っててていいですか？」

「もちろんです。ただ、我々と違って人間であるお父上には寝られる場所がないかもしれませんが……」

「あはは、大丈夫ですよ。以前も野宿しましたし、ここだと草木のおかげで寝やすそうですから」

ハイエルフたちはベッドや布団で寝る習慣がなく、木にもたれかかったり巨大な花の中にもぐったりして寝るらしい。

家も雨風を防ぐために木に横穴を掘っているだけで、なんともファンタジーな話だが、よくよく考えたらこちらの方が自然なのかもしれない。

「じゃあ俺は、スノウが無事だったたってレイナに伝えてきてやるよ」

「ありがとうエルガ。お願いしていいかな？」

「おう」

そう言ってエルガは離れ、ブリュンヒルデさんも他のハイエルフさんたちに状況を伝えるために離れて行った。

残った俺は一人で出来ることもなく、一度テントに戻って横になりながら、これからどうするかを考える。

「まだ、根本的な解決にはなってないもんなぁ……」

ニーズヘッグにしても、あの鳥にしても、闇の牢獄に放り込んだだけ。

たとえば俺が寿命で死んでしまったら、結局また同じことの繰り返しになってしまうだろう。

「とりあえずシェリル様にお願いしてみるか？　でもあの人こっちの大精霊のこと好きじゃなさそうだしなぁ」

そもそも手伝う気があるなら今の時点でやって来ててもおかしくないけど……。

まあスノウには甘々な人だ。きっと助けてくれるだろう。

少しだけ目を瞑《つぶ》る。この身体は疲労とは縁のないはずだが、それでも精神的に疲れていたのかそのまま意識を失い、気が付くと夜になっていた。

テントから出ると、森は静寂に包まれている。

どうやらあの鹿はまだこっちに戻ってきていないらしく、ハイエルフたちも各々休みを取っていて、世界樹の方も静かなものだ。

俺はその場に座り込んで世界樹を見上げる。

「なんだろう。あの木を見ていると懐かしい気持ちになるな……」

前世で過労死して、神様にこの島へ転生させて貰うまでは日本に住んでいたのだから、あんな巨大な木を見ることなんてなかったはずだ。

だけど俺はあの世界樹を知っている。それこそ、この島に来るよりも前からずっと……。

「理由、教えてやろうか？」

「え？」

振り向くと、魔女の格好をしたヴィーさんが背後に立っていた。

そういえばレイナに今回のことを伝えてくれるように頼んでいたんだけど……この格好ってことは相当本気で来てくれたらしい。

「寝ているところを叩き起こされて何事かと思ったが、もう解決してるとはな」

少し不貞腐れた様子だが、怒っているわけではないらしい。

「来てくれてありがとうございます」

「レイナがどうしてもというからな。くくく、あいつめ、助けてくれるならなんでも言うことを聞くなどと私と約束したのだ。そこまで言われたら、来ないわけにはいかないさ」

「……お手柔らかにお願いします」

「それは知らんなぁ」

悪い笑みを浮かべないで欲しいなぁ。

とはいえ、あのときはそれだけ切羽詰まっていたのは間違いないし、ヴィーさんだって心配して来てくれたんだろう。

それはレイナたちを置いて自分一人だけで先に来たことからも伝わってくる。

あとでなにをさせられるのかわからないが、出来る限り受け入れようと思った。

「しかし闇の牢獄か。お前がなんでも真似出来るのは知っていたが、あれにはたしかに有効的だな。出来るかどうかは別として……」

ヴィーさんが鳥を入れた闇の牢獄を見て感心したような、呆れたような声で言う。

以前シェリル様に直接使われたせいか、他の魔術よりもコピーしやすかったくらいだけど、やっぱり普通じゃないよなぁ。

「ところで、俺が世界樹を見て懐かしいと思う理由、知ってるんですか？」

「ん？　ああ。むしろお前がその理由をわからないとは思わなかったが……お前の身体、世界樹で出来てるだろ？」

「え？　そうだったんですか？」

そう言われて、俺は首を傾げる。

世界樹？　俺の身体が？

「うん？　なんだ、本当に知らなかったのか」

「神様の手で特別頑丈に作られた身体なのは知ってましたけど、俺って世界樹なんですか？」

「正確には世界樹と繋がっているこの……まあそれはいいか。たとえ貴様が何者であっても、この島のやつらはなにも変わらんからな」

ヴィーさんは意味深に言葉を切ると、世界樹を見る。

「……俺の存在がみんなの迷惑になることって、ありますか？」

「今回くらいのトラブルはあるかもしれんが、こんなのは何千年も生きていれば良くあることだ。気にするほどのことじゃないさ」

普通今日くらいの出来事があれば歴史に残る大事件なのだが、やっぱりこの人の感覚はスケールが少し違うな。

まあそれはスザクさんとか、大精霊様たちも似たようなものか。

「それより帰ったら覚悟しておけよ。レイナはもう私と契約したのだからな。当然、貴様も巻き込んでやる」

「悪魔の契約しちゃったかも……」

悪い顔して笑うのは怖いけど、お願いしたのは俺だし責任はちゃんと取らないとなぁ。

「なに、その分はちゃんと働いてやるとも。とりあえず今の状況を改善する方法を教えてやる」

そう言ってヴィーさんはポケットから一匹のリスを取り出した。

闇の紐みたいなのでガチガチに縛られて動けず、バタバタとしている様は少しコメディチックだ。

「それってたしか……ラタトスク、でしたっけ？」

「ああ。途中で見つけたから捕まえておいた」

「でもそいつって害にならないってブリュンヒルデさんも言ってたけど……」

「害にならない？　こいつが？」

ヴィーさんがかなり邪悪に笑うと、ラタトスクを縛っている紐を持ってブンブンと振り回した。

ぐるんぐるんとヨーヨーのように回り、悲痛な声を上げる。

「あのなぁ。今回の件、こいつが原因なんだぞ」

「え!?」

そうしてヴィーさんはラタトスクがなにをしたのかを語り出す。

元々ニーズヘッグにしても、ヴィゾーヴニルにしても、封印から解けたらすぐに世界樹を攻撃するような習性があるわけではなかった。

たしかに役割は神様が世界をやり直すとき、世界樹を壊すために作った生物ではある。

だが逆を言えば、指示がなければ世界樹に攻撃することもなく大人しくしているという。

「でだ、そいつらに天界から指示を出すやつが必要で、それがこいつなわけだが……」

ぐるぐる回ってもはやどんな姿をしているのかもわからない状況だが、つまりそういうこと。

この神様の使いであるラタトスクが適当なことを言い、その言葉を信じたあの魔獣たちは世界樹を攻撃、或いは魔力を奪い始めたという。

「……」

「そう怒るな。こいつも暇だったんだろ」

「暇つぶしで、みんなが困ったんです。スノウもいなくなって、レイナは泣いて……」

ヴィーさんが手を止めたので、ラタトスクと目が合う。

俺の怒りを感じ取ったからか、怯えたようにしていた。

「退屈は人を殺す」

「……」

「長く生きているとな、それで死んでしまうんだよ。こいつはこいつで必死だったのさ」

ヴィーさんの言葉は、以前から何度も言っていることだ。

千年、二千年、下手をしたら万を超える年月を生きてきた彼女にとって、もしかしたらラタトスクの気持ちは痛いほどわかるのかもしれない。

「こいつは私が連れて行く。なに、貴様らに対して悪いようにはしないさ。千年くらいは大人しくなるよう、しっかりと調教しておいてやるよ」

「……わかりました」

ある意味、核爆弾のスイッチのような存在。それなら下手に放置したり、どこかに封印したりするよりヴィーさんが従えている方が良いのかもしれない。

それがどこよりも一番安全な場所だから。

「さて……雑談もいいが、そろそろ来るか」

「え？　あ……」

ヴィーさんが振り向くと、ティルテュやカティマ、エルガ、それにエディンバラさんまで引き連れたレイナがやって来た。

その表情は必死で、きっと彼女なりに出来ることを全部やった結果なのだろう。

「ははは。どこの世界にあれだけの戦力を引き連れた人間がいるだろうなぁ！」

ヴィーさんはどこか優しげにそう言うと、空中に浮いた。

たしかに、神獣族、古代龍族、それに人類最強の魔法使いといった面々を引っ張るなど、普通の人間に出来ることではないだろう。

きっとみんなスノウを心配してくれて、それにレイナの助けになりたいと思って来てくれたのだ。

「これ以上私がいても出来ることはないな。このリスのことは任せて、貴様は貴様のやるべきことをするといい」

そうして彼女は夜空に消える。

なんだかんだ、本当に面倒見の良い人だよなぁ。

そんな彼女を見送って、俺はやってくるみんなに状況を説明しに行くのであった。

第四章　大精霊の復活

状況は先にエルガが話してくれていたらしく、集まったみんなは状況をある程度把握してくれていた。

あとはヴィーさんが言っていたラタトスクについて語ると、レイナが凄まじい怒りを見せる。

「そう……そいつのせいでスノウが……」

まるで料理をしているときのような険しい気配。

最初はレイナと一緒に怒りを見せていたティルテュとカティマが、涙目で助けを求めるように俺を見る。

「まあラタトスクに関してはヴィーさんに任せて、俺たちはスノウが戻ってきたときに寂しくないように、待ってあげよう」

「そう、ね。スノウ、泣いてないかしら……」

「大丈夫なのだ！　ああ見えてスノウは結構強いからな！」

「うん……スノウ様は大精霊様だし、それに他の大精霊様たちも一緒だから大丈夫」

レイナを慰めるティルテュとカティマ。

「ありがとう」

そんな気持ちが伝わったのか、レイナも優しく微笑《ほほえ》んだ。

「そういえば、カティマってハイアールヴだけど、ハイエルフの里に来てもいいの？」

「……まあ、あんまりいい気はしないしされないだろうけど、スノウ様の一大事だからな」

「そっか」

とはいえ、先ほどの言葉を聞く限り大精霊様に思うことがあるわけではないみたいだ。

どちらかというとハイエルフに対して気まずさがあったりするんだろうな。

それも不快感とは違う、ずっと会っていなかった親戚と会うような、そんな気分か。

なんて思っていると、ブリュンヒルデさんがハイエルフを引き連れてやって来る。

「お父上、そろそろ大精霊様たちが……なぜそいつらがいるのですか？」

「「あっ……」」

そいつら、と複数形で呼ばれて反応したのはカティマとティルテュ。

しかし実際にブリュンヒルデさんが睨んでいるのはティルテュだけで、カティマのことはそこまで意識していないようにも感じる。

関係が良くないというだけあって、他のハイエルフたちが少し気まずそうな顔をしたくらい。

ティルテュに関しては……。

以前世界樹の蜜をハイエルフから奪い取ったというだけあって、やはり見つかりたくなかったっぽい。

他のハイエルフの人たちの瞳も、カティマよりティルテュに向いていて、やっぱりかなりお互い気にしてたんだ。

「ス、スノウを迎えに来ただけだぞ！　なんだ！　文句があるならかかってくればいいじゃないか！」

「ティルテュ。言わなきゃいけないことがあるんじゃないの？」

「世界樹の蜜を奪ってごめんなさいなのだ！」

俺の一言で流れるように謝れるのは偉い。

ブリュンヒルデさんもあまりに自然な掌返しにキョトンとしたあと、怒りの行き場を失ってちょっと困った顔をしている。

他のハイエルフたちも同じような顔だ。

謝った相手をこれ以上追及するような人たちでもないようで、小さく溜め息を吐《っ》くと視線をカティマに移した。

「そちらのハイアールヴもですか？」

「うん。スノウ様はカティマの大切な人だから」

「……我らが交わることはもうないと思っていましたが……こういうこともあるんですね。いいでしょう。ここでお父上とともにスノウ様を待つことを許可します」

「ありがとう」

カティマの言葉が硬い。まるで出会ったときのようだ。

逆にブリュンヒルデさんの声は普段より熱を帯びているようで、やはりお互いなんとなく溝があるのは間違いないらしい。

両方と関わっている俺としては、二人とも良い人だし本当は仲良くして欲しいけど……きっと色々とあったのだろうな。

今すぐじゃなくても、いずれみんなでお酒を飲みながら騒げたらいいな。

「それに、そちらは……」

彼女は一瞬、エディンバラさんを見て反応する。

以前会ったときは世界樹の件で焦ったりもしていたからちゃんと見られていなかったのだろう。

「私のことは気にしなくて良い。レイナの付き添いだからな」

ブリュンヒルデさんはその言葉になにかを言いかけ、言葉を止める。今言うべきことじゃないと判断したみたいだ。

「それで、そろそろスノウが戻ってきそうなんですか？」

「あ、失礼しました。はい、世界樹の魔力がだいぶ回復しているので、おそらくあと少しで――」

そう言った瞬間、凄まじい魔力が辺り一帯を包み込んだ。

その発生源は世界樹で、見ると神々しく黄金の粒子に包まれて発光している。

「綺麗……」

「うん。凄いね」

レイナが見惚れるように呟き、俺がそれに同意する。

空に浮かぶ星々だけが光だったこの森の中で、世界樹の輝きが世界に広がっていく。

それはこの世の物じゃないくらい美しく、そして神々しい。

光は徐々に世界樹に集約され——。

「行きましょう！」

ブリュンヒルデさんが声を上げ、ハイエルフたちが一斉に走り出した。

俺たちもそれに続くようにして、世界樹の根元に辿り着くと、四つの光球が並んでいた。

その内の一つが徐々に形作っていき……。

「スノウ！」

最初に飛び出したのはレイナ。

脇目も振らず、一目散にスノウに抱きついた。

「あぁ……よかった……本当に良かった！」

「まぁ？」

「ええ。一人にしちゃってごめんなさい」

「んーん」

スノウはまだ夢心地な雰囲気で、ただ温かい気持ちが伝わるようにぎゅっと抱き返した。

俺もそれに続いて二人を抱きしめる。

「無事で良かった……」

「ぱぱだぁ……」

しばらくそうしていると、スノウは眠ってしまう。

呼吸は落ち着いているので、ただ疲れて寝てしまっただけみたいだ。

いつものように、コアラみたいにレイナの胸に抱きついたスノウの姿を見ると、ホッとする。

「我らも心配してたのになぁ」

「カティマはスノウ様が無事ならそれでいい」

「む、我だってそうだし！」

「まあいいじゃねぇか。とにかくこれで一時的にしても、問題は全部解決したんだしよ」

離れたところではそんな風に会話をしている三人。

みんなスノウのことを心配してくれていたんだよな。

「あとで改めてお礼をしようね」

「ええ」

「ぱぱ、ままぁ……」

寝言で俺たちのことを口にして、いったいどんな夢を見ているのだろうか。

俺が頬を突《つつ》くと、また楽しそうに笑った。

幸せそうな顔をしているので、きっと楽しい夢なのだろう。

「……」

「アラタ？」

思わず、もう一度スノウとレイナを纏めて抱きしめる。

あのときはレイナに不安を見せないように必死だったし、焦っても事態は良い方向には行かないと思っていたから我慢していたけど……。

もしこの子がいなくなってしまっていたらと思うと、今更になって怖さがこみ上げてきた。

——ヴィーさんとかと戦ったって怖いとは思わないのにな。

だがそれが不思議とは思わなかった。

俺が絶対に怪我《けが》をしない頑丈な身体《からだ》を持っているからというわけではない。多分、親というのがそういうものなのだ。

「みんな一緒に、帰りましょう」

「うん……」

そうしてしばらく、三人で抱き合っていると、他の三つの光も徐々に形作っていく。

それぞれ大きさは違うが、どれも小さく、一番大きなものでもヴィーさんより少し小さいくらい。

一番小さなものだと、掌サイズくらいで――。

「あぁ……ミリエル様、フィー様、ディーネ様……」

ブリュンヒルデさんが歓喜の声を上げると同時に光が止《や》む。

一人はまるで天使の少女だ。白鳥のような銀髪と、腰には小さな翼が生えていて、白銀のドレスを着ている。

もう一人は小さな妖精というのが正しいだろう。自然そのもののような黄緑色の髪に美しい半透明な羽が動き、宙に浮いている。

そして最後は……。

「スライム？」

まん丸水色の、一目見たら誰もがスライムというような形をしていた。

「みんな、心配かけてごめんね」

「っ――!?」

天使の子が前に出ると、ブリュンヒルデさんが慌てて神に忠誠を誓うよう膝をつく。

同時に他のハイエルフたちも同じように頭を下げ、この子たちが南の大精霊なんだと再認識した。

「謝らないでください！　我らの力が足りなかったばかりに、大精霊であるミリエル様たちに多大なご迷惑を……」

謝罪の途中、天使の子がブリュンヒルデさんの頭を抱きしめた。

まるで子どもを慰めるように、よしよしと頭を撫でる。

「ヒルデたちは頑張ったよ。こうなる前に私たちがちゃんとシェリルたちと話し合えてれば良かったの」

「ミリエル様……いえ、そんなことは……私たちが」

納得がいっていないようでブリュンヒルデさんが自らを卑下するような言葉を言おうとした瞬間、妖精がミリエルと呼ばれた天使の子の頭の上に乗る。

「はいはい謝り合いはもうお終《しま》い！　アタシたちも無事だったんだしもういいでしょ！　こういう湿っぽいのアタシは嫌い！」

「フィーの言う通りだ。問題が解決したわけではないが、こうして無事に再会出来たのだからこれ以上自分を傷つけ合うのは止めるといい」

「フィー様……ディーネ様……」

「二人の言う通りだね。というわけでみんな頑張った！　ってことで頭なでなでしてあげる！」

ミリエル様が膝をついているハイエルフの人たちを順番になで始める。

妖精がフィー様で、スライムっぽいのがディーネ様かな？

たしか南側の大精霊様は光と風と水のはずだから、それぞれがそうなんだろう。

ミリエル様の頭の上に乗ったフィー様が呆れた様子だが、どこか楽しそうだ。

「すまんな。ミリエルはああなったら止まらないから、少し待っていてくれ」

「あ、大丈夫ですよ。俺はアラタって言います。えっと、貴方《あなた》が水の大精霊様ですか？」

「うむ。ディーネと言う。此度《こたび》の件、我が子たちを助け、そして我らを救ってくれたこと誠に感謝する」

見た目はスライムなのに、なんというか貫禄のある声だ。言葉遣いもなんというか物語で見るような騎士みたいで、凄く格好良い。

雰囲気は少し大地の大精霊であるジアース様と近いが、あの人は少しギャグっぽいところがあるからなぁ……。

「……なるほど。神がどんなものを生み出したのかと思ったが、これならニーズヘッグたちを退けられたのもわかる」

身体の中央に一つだけある瞳で真っ直ぐ見つめられながら、そんなことを言われる。

聞き返そうと思ったら、頭の上になにかが乗った。

「アタシはフィーよ！　アンタやるじゃない！　お礼言ってあげる！」

「フィー、礼とはそんな上から言うものではないぞ」

「いいの！　だってアタシは大精霊よ！　偉いんだからお礼を言うときも上から言うの！　アンタ名前は!?」

「アラタですよ」

「あははー！　アンタとアラタって似てるわね！　呼びにくいわー！」

頭の上から少し甲高い声でそう言われると、ちょっと頭に響く。

とはいえ悪気があるわけではないみたいなので、されるがままにしておこう。

などと思ったらディーネ様から水色の触手が伸び、俺の頭の上にいたフィー様を捕らえて自分の頭の上に置いた。

「あ！　ディーネなにすんのよ！」

「これ以上の狼藉《ろうぜき》は大精霊としての品格を下げるから止めるのだ」

「品格とか関係ないじゃない！　大精霊は大精霊！　アタシたちがやることがそのまま大精霊の品格そのものよ！」

二人はそのまま言葉の応酬を続けるが、それを見ているだけでなんとなく二人の性格や関係性が見えてきた。

スライムの見た目のディーネ様は、きっちりとした真面目なタイプ。それで妖精のフィー様は自由奔放って感じかな。

どちらにしても、好意的に接してくれるようで良かった。

それに、言い合いをしていても仲の良さを感じられるので、どちらかというとじゃれ合いをしているようだ。

しばらくそんなやり取りを見ていると、ハイエルフたちを慰めていたミリエル様がこちらにやってきた。

「お待たせー。フィーの声がちょっと聞こえてたけど、アラタ君であってるよね？」

「はい。ミリエル様」

「もっと気軽にミリーちゃんとかママって呼んでも良いんだよ？」

「えーと……」

いきなりそんなことを言われても、初対面でその呼び名はちょっと困るな。

「気にしなくていいわよ！　ミリエルったらいつもこんな感じだから！」

「そうだな。誰に対しても母を名乗りたがるから、無視して良い」

「ええー。私はみんなのママなのにー！」

そうして三人で仲良く話し始め、置いてきぼりにされてしまう。

おかしいな。前にシェリル様から聞いた感じだと、南の大精霊様は真面目すぎるとかだったはずだけど、普通に北の大精霊様たちと同じくらいフランクだ。

レイナとカティマも想像と違っていたらしく、驚いて言葉が出なそうだった。

「さてっと。アラタ君にはお礼をしないとね」

「あ、いえ本当に気にしないでください。俺はスノウを助けたかっただけなので……」

「ああ、そうそう！　この子！　可愛《かわい》い可愛い新しい大精霊！」

ミリエル様はレイナに抱っこされて寝てしまっているスノウに近づくと、マジマジと二人を見つめる。

悪意はないのだろうが、突然力の強い大精霊様に近づかれたレイナは焦ったようにスノウを抱きしめる力を強くした。

「あぁぁ、可愛いー！　生まれたての大精霊を見たのはこれで六回目だけど、やっぱり何度見ても可愛いー！　あー、生きてて良かったぁ！」

ミリエル様はキラキラとした瞳でレイナの周りをうろうろとし、スノウを見て頬を緩めていた。

「というか、六回目？」

「ミリエルは今いる大精霊の中だと最古だからね！　自分のことをみんなの母親だと思い込んでるのよ！」

「思いこんでるじゃないよ！　私はみんなのママなんだから！」

フィー様の言葉に反論するが、俺はそれを聞いて疑問に思ってしまった。

「最古？」

見た目は子どもっぽく、どちらかといえばシェリル様の方が年上に見えたんだけど。

「ここにいないシェリルもグエンもジアースもねー、生まれたときはとっても可愛かったんだよー。今はシェリルの反抗期で離れちゃったけど……あんなに愛情注いだのにぃ……」

過去を思い出したのか、ミリエル様が泣き出し始めてしまう。

それを慰めるためか、フィー様が近づいて——。

「アンタの愛情重いの！」

「そんなぁ……」

慰めるどころか追撃だった。

しかし、たしか大精霊様が生まれるのって千年周期で、最近スノウが生まれたってことは他の三人は千年以上前から向こうにいるはずで……。

反抗期って言うには長すぎないかな？　と思ったが、なんだかちょっと凹んでいるミリエル様に対して追い打ちになる気がしたのでそれを言うのは止めておこう。

「ちなみに、大精霊の生まれた順番としては、ミリエルが最初でその次はフィーだ」

「そうなんですね」

「うむ。そのあとにシェリル、私、グエン、ジアースの順番だな」

なんとも意外な順番だった。

ワイワイとやっている二人を見ると、シェリル様やディーネ様の方がしっかりしているように見えるし。

ティルテュやエルガたちも同じことを考えたのか、俺と同じ顔をしていた。

「ああ見えて、あの二人は誰よりも世界樹やハイエルフたちのことを考えているのだよ」

表情から考えていることを読まれたのか、ディーネ様は苦笑しながらそう言う。

ブリュンヒルデさんたちにあれだけ慕われているのを見る限り、きっとそうなのだろう。

もしかしたらシェリル様が言っていた真面目すぎるって言葉も、そういうところを指しているのかもしれないな。

「もう！　ほら、アラタたちにお礼をするんでしょ！」

「そうだった！　ねえねえアラタ君！　なにが欲しい!?　ママたち頑張っちゃうよ！」

話が戻ってしまったが、本当にお礼とかはいらないんだよな。

この島で散々みんなに助けられてきたから、持ちつ持たれつの関係で良いんだけど……。

「あまり深く考えなくても良い」

「ディーネ様……？」

「ただ助けて貰ったからなにか感謝したい。それは普通のことだろう？」

「そうですね。それじゃあお願いしたいことなんですけど——」

俺がいつか大宴会を開いたとき、みんなで来て一緒に楽しんで欲しい。

そう頼むと、ミリエル様は笑顔で頷いてくれた。

◇

レイナたちは一度家に帰り、俺はまだ一人でハイエルフの里に残ることにした。

せっかく大精霊様たちが復活したが、根本的な問題はまだ解決していないからだ。

大精霊様たちは世界樹に住んでいるらしいので、人でも住みやすい場所に案内して貰ってテントを張り直す。

その作業中に、三人が復活する前の出来事を伝えると、それぞれが驚いた顔をした。

「それじゃあ、あのヴィルヘルミナがラタトスクを持って行ったのね」

「はい。調教しておくって言ってましたけど」

少し困った顔のミリエル様を安心させるように説明するが、彼女の頭の上に乗っているフィー様が焦った顔で俺の前まで飛んで来る。

「あいつが関わったらヤバいわよ！　早く取り返しに行かないと！」

「うむ……あの真祖がまともなことをするとは到底思えんからな……」

一番落ち着いているディーネ様までそう言うので、如何《いか》にヴィーさんがいつも面倒を起こしているかがわかる言葉だ。

まあたしかにあの人は退屈だと死んでしまうという言葉を盾に好き放題するけど、最近は変わったんじゃないかな。

どちらかというとかなり面倒見が良いというか、嫌がらせはするけど助けてもくれるタイプというか……。

「好き放題言ってくれるじゃないか。今からまた闇の牢獄を解いて同じことをしてやってもいいんだぞ」

「っ――!?」

　上空からの声に大精霊様たちが警戒したように顔を上げる。

　そんな面々に対しても不遜な態度は隠さず、ヴィーさんはラタトスクを肩に乗せたまま地上に降りてくる。

「お帰りなさい。早かったですね」

「本当はもっと痛めつけて従順にさせる予定だったんだがな。思ったよりこいつが根性なしだった」

　ヴィーさんが指でラタトスクを弾くと一瞬地面に降りるが、すぐに身体をよじ登って元の位置に立つ。

　まるでヴィーさんの肩から離れたら酷い罰を受けると思っているような顔で、どうやら本当に調教が終わっているらしい。

「さて、これで問題は解決するわけだが……こいつらが私を信じるかどうかは別の話だな」

　ヴィーさんが鋭い目で大精霊様たちを見ると、フィー様とディーネ様もまた少し険しい目つきで睨む。

　昔から散々殺し合いをしてきたという話だし、スザクさんみたいに完全に割り切っている人もいればそうじゃない人もいるのだろう。

　一触即発、という雰囲気が彼女たちの間で流れる。

　このままだと良くないと思い間に入ろうとしたら……。

「ほらほら二人とも、せっかく助けに来てくれたヴィルヘルミナにそんな顔したらダメだよー」

　俺より先に動いたミリエル様がフィー様を掴むと指先で頭を撫でる。

「ちょっとミリエル！　髪の毛が崩れるでしょ！　撫でるならディーネに――」

「よしよしよーし」

「きゃぁぁぁぁ」

　フィー様は小動物を可愛がるようなミリエル様から逃げ出そうとするが、見た目以上にがっつり掴《つか》まれているらしくて逃げ出せそうにない。

　そしてディーネ様はこっそりと俺の背後にやってくる。

「先ほども言ったが、ああなったミリエルは簡単には止まらないのだよ」

　どうやらこれまでも同じようなことは何度もあったらしい。

　ヴィーさんもそれを見て呆れたような顔をしているが、特に止める気はないようだ。

　しばらくして満足したミリエル様が手を離すと、フィー様がこちらにやって来て俺の背中に隠れる。

「ちょっとアンタ！　ミリエルにママって言ってみなさい！」

「それ言った瞬間すごい大変なことになる気がするから勘弁してください」

　ミリエル様は控えめに言っても見た目は子どもだ。

　もちろん中身は違うとわかっていても、そんな子に抱きしめられて頭でも撫でられる光景は結構事案だと思う。

　そんな彼女はヴィーさんに近づくと、柔らかい笑顔を見せた。

「ヴィルヘルミナも久しぶりー」

「はぁ。お前は相変わらずだなミリエル」

　ミリエル様がこの島にいる大精霊様の中で一番古いってことは、ヴィーさんと殺し合ったこともあるんだよね……。

　だけどわだかまりもないのか、思ったより険悪な雰囲気はない。

「んー……」

「なんだ？」

　ミリエル様はヴィーさんの周りをくるくると周り、少しだけ不思議そうな顔。

「ずいぶん雰囲気変わったね」

「貴様と最後に会ったのも千年以上前だからな。変わりもするさ」

　穏やかな表情を見せると、俺の背後にいたフィー様が頭に乗り上げる。

「何千年も変わらなかったのに！　何度も殺されかけたことアタシは忘れないわよ！」

「フィー、今は黙っておけ」

「もぐ!?」

　ディーネ様から伸びた触手がフィー様を掴むと、そのまま自分の方へと引き寄せた。

丸い水の身体をしているからか、クッションに乗せられているような体勢になって暴れている。

「相変わらずうるさいやつだ」

「フィーはそういう元気なところが可愛いんだよぉ」

「貴様は誰が相手でもそう言うだろ……まあいい、ほら」

ヴィーさんは肩に乗せたラタトスクを掴むと、ミリエル様に投げる。

ミリエル様の手の中でブルブルと震えているラタトスク。あの短い間でいったいどんなことをしたんだろ？

「死ぬほど酷い目に遭わせたから、言うことを聞くはずだ。もし聞かなかったらまた私に言うと良い。今度こそそいつを作った神もろとも滅ぼしてやる」

そう言った瞬間、ラタトスクがビクッと反応する。

そういえばヴィーさんは昔、神も殺したことがあるって言ってたし、もしかしたらここの魔獣とかも倒せたのかもしれないな。

まあ彼女からすれば、魔獣たちは自分のやるべきことをやっていただけで、悪いことをしてたわけじゃないから退治しないんだろうけど。

「……本当に変わったねぇ」

そんなミリエル様の言葉には反応せず、ヴィーさんはそのまま俺の方にやって来る。

隣でフィー様がバタバタとしているが、そっとディーネ様が離れて行った。

「貴様は楽しみにしておけよ」

「手加減してくださいね……」

ニヤリと笑うだけでなにも返事をしてくれないまま闇に消える。

いったいなにをさせられるのか怖くて仕方ない。

けどレイナやスノウのために動いてくれたんだし、出来るだけのことはしようと心に決めた。

「ミリエル！　そいつしばくから貸して！」

「駄目よ。そんなことして、この子がまた悪い子になったら嫌だもん」

いつの間にか解放されていたフィー様がミリエル様にそんなことを言っていた。

どうやら今回の件、フィー様は許す気がないらしい。

とはいえ俺もミリエル様の言い分を支持したい。

正直今回の件は結構精神的にも疲れた、という理由もあった。

「フィー、それ以上はよせ」

「ディーネ、アンタまでそんなこと言うわけ！　元はと言えばコイツが余計なことを言いふらしたからみんな大変だったのよ！」

「千年も二千年もあれば、こういう日もある」

「むぅ……」

なんというか、やっぱりディーネ様の声には貫禄がある。

ミリエル様に対して強気だったフィー様も言葉に詰まっていた。

「皆さん、とりあえず今回はここで終わりにしませんか？」

「そうね。それでみんなで一緒に寝ましょ！　ママが抱きしめてあげるから！」

さすがにそれは遠慮しつつ、闇の牢獄に捕らえていた他の魔獣たちを解放し、ラタトスクにこれ以上世界樹を傷つけることを止めさせるのであった。

◇

ブリュンヒルデさんたちハイエルフのみんなからお礼を言われ、そして大精霊様たちからも同じように感謝され、俺はようやく里を抜けることが出来た。

「はぁ、今回はどっと疲れた」

本当はただ挨拶をするために向かったのに、スノウがいなくなったり世界樹が大変なことになったりと、色々とトラブルが多かった。

まあ、おかげでティルテュとハイエルフたちのわだかまりもなくなったし、みんなとも仲良くなれたけど……。

「レイナを泣かせちゃったな……」

幸い無事にスノウも戻ってきたけど、今後はこういうことがないように俺が守らないと。

だって俺は、神様からとても頑丈な身体を貰って転生させて貰ったんだから。

そんな風に決意をしていると、家が見えてくる。

毎日見ている場所なのに、とてもホッとする光景だ。

日常に帰ってきたのだと思いながら、家の扉を開けると——。

「ぱぱだ！」

「おっと」

凄い勢いで居間から突撃してくるスノウを抱きしめ、その温かさを感じる。

そのまま抱き上げて居間に入ると、ソファから立ち上がったレイナが近づいてくる。

「アラタ……おかえりなさい」

スノウを抱きしめるようにレイナが俺に抱きついてきた。

それが照れくさく、だけど家族の温もりなんだよなと思うと愛《いと》しくもあり、そのまま受け入れる。

——ああ、もうこれは……。

レイナとスノウ、彼女たちをもう泣かせたくないし、離したくない。

そんな気持ちが溢れてきて、これから俺がしないといけないことも自ずとわかってきた。

「ただいま」

第五章　いつもの日常

元々俺はこの島でスローライフを過ごすために転生したのだ。

なのにハイエルフの里では色んなトラブルを解決するために忙《せわ》しなかった。

これは良くない、こういうことに慣れてしまうとまたブラック企業よろしく、いつも忙しい日々が当たり前になってしまう。

というわけで初志貫徹。今日はだらけようと決めて、木にハンモックをつけて、暖かい太陽を浴びながら横になる。

「平和でいいなぁ……やっぱりこれだよね……」

柔らかな風に揺られながら、大きく欠伸《あくび》をしてしまった。

少し離れたところを見れば、遊びに来たティルテュやルナたちが楽しそうに笑い合っている。

どうやら自分たちの家族を紹介し合っているらしく、ルナはクルルとガルル、ティルテュはアラテュを連れてきていた。

スノウもそんな三匹に囲まれてとても楽しそうだ。

少し離れたところでは、そんな様子をカティマが微笑《ほほえ》ましそうに眺めている。

近づかないのはさっきまでスノウのパワーに振り回されて体力を失っているからだろう。

お疲れ様、と思っているとスノウがこちらに駆け足でやってくる。

「わぁい」

「おっと」

そしてそのままジャンプして俺の胸に抱きついてくるので、受け止めた。

腕の中でもぞもぞと動くので自由にさせてあげながら、俺はもふもふの髪の毛を撫でてあげる。

「飛び込んだら危ないよ」

「大丈夫！」

まあ大丈夫だろうけどね。

ただ抱きつきたかっただけなのか、この飛び込みが楽しいのか、一度降りるとまた駆け寄ってきて飛び込む。

「えへへー」

笑いながら何度もそれを繰り返し、俺はそのたびにキャッチする。

——子どもって同じことするの好きだよなぁ……。

なんて思いながら俺もハンモックでだらだらしていると、今度はアラテュが近づいてきて木に登り、落ちてくる。

「わっ!?」

「なー」

顔面を隠すように落ちてきたので、視界が真っ暗になった。

アラテュの楽しそうな声が聞こえてくると、どうやらお腹《なか》にスノウがまた飛び込んできたらしく、そのままくっついてくる。

「二人とも、ハンモックは一人用だから降りようね」

「なー?」

「あははー!」

全然聞いてくれないし、もういいかと自由にさせる。

太陽に当たって温かなスノウが、布団のように丁度良く、俺は抱きしめながら目を閉じる。

意識が一気に持って行かれそうになり、このまま眠ってしまうことにした。

◇

「あ、良い匂い……」

目が覚めると、どこからか美味《おい》しそうな香りが漂ってきた。

太陽が先ほどよりも高い位置にあることがわかり、どうやら一時間ほど昼寝をしてしまっていたらしい。

「あ、起きた。子どもみたいに気持ちよさそうに寝てたねー」

「え？」

ハンモックで空を見上げていると、横から銀髪の少女の顔が現れる。

「おはようアラタ君！」

「……ミリエル、様？」

「うん！」

ぼけた頭で尋ねると、元気な笑顔を見せてくれる。

「どうしてここに？」

「遊びに来たんだよ！」

身体を起こすと、離れたところでスノウがディーネ様を抱えていた。

ティルテュはアラテュを抱えた状態で、ルナはクルルとガルルを抱えている。

なぜか子どもたちはみんな、自分の抱えた子にご飯を食べさせていた。

「あー、かーわーいーいー！　ママがみんなを抱きしめたーい！」

「駄目よ！　今はあの子たちがママなんだから！」

「あ、フィー様もこんにちは」

「ええアラタ！　挨拶が出来てとても偉いわね！」

ミリエル様の近くを飛んでいたフィー様は俺の傍にやってくると、その小さな手で頭を撫でてくれる。

「あー、私もやる！」

そしてミリエル様がそんなことを言って、俺の頭を撫でる。

なんだこれ？

見た目が小さい女の子や妖精に子ども扱いされているこの状況に、俺はもうされるがままにするしかなった。

「ところで今ってどういう状況なんですか？」

お昼過ぎってことはわかるんだけど、あの子たちがなぜみんな揃ってあんなことをしているのかわからない。

「ミリエルがママになるって言い出してね！　そしたらあの子たちが真似し始めたの！」

「えーと……？」

最初はなにを言っているのかわからなかったが、フィー様の言葉を聞いていくと、どうやら彼女たちの中でママブームが始まったらしい。

つまりは、おままごとである。

幼稚園児とかがやる場合は人形で遊ぶんだろうけど、彼女たちの場合魔物が子ども扱いらしい。

そういえばこの世界に来てから教えてきた遊びってどっちかというと男の子向けが多くて、ああいうのは教えてこなかったな。

「ディーネ様の、あれはいいんですか？」

スノウの膝の上に乗ったディーネ様が赤ん坊のように食事をさせられていた。

あの人、大精霊で一番偉い人なのに。というかカティマの顔が若干青ざめているのは、それが理由なんじゃ……。

「ディーネはね！　私たちの中だと子どもだからいいのよ！」

「グエンとジアースはすぐにシェリルが連れて行っちゃって、大精霊の子どもと触れ合う機会はなかったから、今とっても楽しそうだもんねー」

「楽し、そう……？」

傍目にはスライムにしか見えないため、感情が読み取れない。

これまで出会った大精霊様の中だと一番しっかり者というか、大人な雰囲気があるだけに怒ったりはしないだろうけど、楽しそうには見えなかった。

そういえば今のフィー様たちの話。

グエン様とジアース様をシェリル様が連れて行ったと言ったけど、どのタイミングだったんだろう？

「ミリエル様は北の大精霊様たちに思うこととかあるんですか？」

以前シェリル様が反抗期に入り、南の森から出て行ったと言っていたから、少なくとも二千年以上前なんだろうけど……。

「あるよあるよー！　もっともっと可愛《かわい》がりたかったもん！　シェリルだって二千年しか可愛がれなかったんだよ！」

「……なるほど」

シェリル様が離れる理由もわかった気がした。

大精霊様の感覚は俺にはわからないけど、二千歳になってもまだこんな風に甘やかされたら逃げたくもなるかな。

「グエンたちだって五百年くらいしか可愛がってなかったのに！」

「そりゃあんだけべったりしたらあの子たちも逃げるわよ！」

「ただ愛していただけだもん！」

まあつまりそういうことなのだろう。

昔聞いた感じだと大精霊様たちの確執って大きいのかなって思っていたけど、正直全然大したことなさそうだった。

「会いに行かないんですか？」

「行きたいけど駄目って言われてるの。アールヴの子たちがびっくりするからって」

「なるほど……」

たしかに、スノウが生まれてからは結構気楽に村まで出ているみたいだけど、それまでは守るだけにしてたみたいだもんな。

自分たちが信仰している大精霊様たちが来るだけで騒ぎになるのに、あまり仲の良くないと思われている他の大精霊様が来たら大変なことになりそうだ。

――そういえば、いつもならスノウを見守りに来てるのにいないな。

やっぱり警戒してるのかもしれない。

「アンタが気にしなくてもいいわよ！　こんなのもう千年以上も前からなんだから！」

「フィーは気にしてよぉ」

「嫌よ！　アタシ、シェリル怖いから苦手だもの！」

そんな風に二人が騒いでいると、ディーネ様を抱えたスノウがこちらにやってきた。

「ぱぱが起きてる！」

「うん、起きたよ。ディーネ様、スノウの面倒を見てくれてありがとうございます」

「気にするな。子どもというのはこういうものだ」

するりとスノウの腕の中から抜け出して、また騒いでいるフィー様を窘《たしな》めていた。

やっぱり大人って感じがするなぁ。

「よっと」

スノウの脇を抱っこすると、丁度向こうから俺と同じように自分の子どもたちを抱っこしている二人がやってくる。

おそろいだね、と言うと二人は嬉しそうだった。

◇

「はわわわわ！　可愛いー！　可愛いよー！」

俺に抱っこされたスノウと子どもたちを見て、ミリエル様の目がハートになった気がした。

それくらいの勢いで近づいてきていて——。

「ディーネ！　ミリエルを抑えるわよ！」

「うむ！」

大精霊二人がかりで抑え込まれて、それでも止まろうとせずこちらに手を伸ばしてくる。

正直ちょっと怖い勢いだ。

「な、なんなのだこいつは……」

「おおー……」

ルナは楽しそうだが、ティルテュなどはちょっと怯えている。

多分力が強いとかそういうのじゃなくて、迫ってくるミリエル様の雰囲気が普通に恐怖なのだろう。

——スノウは、ちょっと興味深そうだけど。

「私も抱っこしたいのー！」

「うーん……スノウ、いい？」

「んー……」

　ちょっと可哀想に思えてきてスノウに聞くと、彼女は悩んでいる。

　シェリル様だったら全然抵抗なく抱っこされるんだけど、グエン様とかジアース様みたいに迫ってくる相手はちょっと苦手っぽいんだよなぁ。

　スノウはじっとミリエル様を見る。

「……いいよ」

　少しだけ躊躇《ためら》いがちだが、本人から許可が出たので、ディーネ様に捕まっているミリエル様のところまで行く。

「わわ！　やった！　それじゃあ抱っこするね！　しちゃうからね！」

「うん」

　そしてスノウを手渡すとミリエル様はとても幸せそうな顔をする。

「あぁぁ！　可愛いー！」

「んー……」

「ねえねえスノウ！　ママって呼んでいいんだよ！」

「スノウのままは一人だから、や！」

「そんなスノウも可愛いー！」

対するスノウの顔は嫌だという気持ちがあるわけではなさそうだが、かといって特別楽しそうでもない。

目を細めて、なんとも言えない感じだった。

とりあえず害はなさそうだ。

「旦那様、旦那様」

「ん？　どうしたのティルテュ？」

「アラテュが抱っこして欲しいって」

渡されたので抱えてあげると嬉しそうに鳴く。なんか可愛いな。

「お兄ちゃんお兄ちゃん、クルルとガルルも！」

「それじゃあ全員纏めて抱っこしてあげるからおいで」

「「わーい！」」

そう言ってアラテュを頭に乗せて手を広げた瞬間、なぜかティルテュとルナまでくっついてきた。

正確には腕にぶら下がるような形だが、自分たちで上手《うま》くバランスを取ってくれるので、俺はただ棒立ちになっているだけだが。

「っ——!?　ぱぱ！　スノウも！」

そしてこの状況を楽しそうとでも思ったスノウが、慌てたようにミリエル様から離れて俺の背中

に張り付いた。

「あぁー！　いいなぁぁぁぁ！」

「アンタ、すごい格好ね！」

「もはや顔しか見えんぞ」

「あはは……」

両腕と身体にはティルテュとルナとクルルとガルル。

頭の上にはアラテュがいて、背中にはスノウと凄い格好な自覚はあった。

とりあえずこうして懐いてくれているのは素直に嬉しいので、しばらくされるがままにしてあげようと思う。

◇

元気いっぱいな子どもたちはまだまだ遊ぶということで家に戻ると、エプロンを着けたレイナが呆れた顔をしていた。

とはいえ馬鹿にしたようなものではなく、少し楽しげな表情だ。

「もしかして見られてた？」

「ええ。アラタは子どもに甘いわねぇ」

「レイナだって甘いと思うよ」

居間に入って窓の外を見ると、子どもたちが大精霊様たちとも遊び始めている様子。

ミリエル様、最高に幸せそうだ。ちなみにフィー様たちは彼女が暴走しないよう、警戒した様子を見せている。

「ずっと寝てたからまだお昼食べてないわよね」

そう言ってサンドイッチを持ってきてくれる。

中に挟まっている肉は森とかで狩っている物で、野菜類はアールヴから貰ったものらしい。

「この間サクヤさんのところに遊びに行ったんだけどね——」

そう言って色んなことを話してくれる。

この島に来たときは常に俺が一緒に行動していたけど、最近はいつも誰かが彼女の傍にいてくれるので、色んなところにも行けるようになっていた。

それにいつの間にか弱い魔物くらいなら倒せるようになったみたいだし、どんどん強くなってるみたい。

「これならもう、俺がいなくても大丈夫だね」

別に特別な意図があって言ったわけではなく、ただ何気なく口にした言葉。

だがそれを言った瞬間、レイナの表情が不安そうに曇る。

「どうして、そんなことを言うの？」

「え？」

意味はないよ、と言おうとした瞬間、当然抱きついてくる。

「レイナ？」

「嫌よ……貴方《あなた》がいなくなるのは嫌……」

「あ、えっと……うん。ごめん、変なこと言ったね」

この間スノウがいなくなったことを思い出してしまったのかもしれない。

かなり取り乱していたし、俺の言葉は不用意だったな。

「俺はいなくならないよ」

子どもをあやすように、優しく抱きしめる。

身体《からだ》に顔を埋《うず》めているため彼女がどんな顔をしているのかわからないが、俺を離さないようにぎゅっと抱きしめてきた。

こういうとき、だいたい子どもたちがじっと見つめていてうやむやになるんだけど……。

窓の外を見ると大精霊様たちと遊ぶことに夢中になっていて、しばらくこちらにやって来る気配はない。

暖かい太陽と柔らかい風を受けながら、俺はしばらくレイナを抱きしめ続ける。

「……」

しばらくすると彼女も恥ずかしくなったのか、顔を紅《あか》くして離れた。

と言ってもソファの隣に座り直しただけで、離れる気はないみたいだ。

実際、指は今もくっついていて、くすぐったい気持ちになる。

お互い無言のまま、ずっとそうしていると、不意にレイナが指を離した。

「そろそろみんな帰ってくるから……ご飯の準備をしないと」

「え？」

窓の外を見れば、先ほどまで昼だと思っていたのにもう太陽が紅く染まって沈もうとしていた。

どうやら気付かないうちに何時間も経っていたらしい。

好きなことをしている間は時間が過ぎるのが早いものだけど、ただ傍にいるだけでこれはもう凄いな。

うん、本当に凄い。

「大精霊様たちもいるし、今日はまた外で食べましょうか」

「そうだね。それじゃあの子たちにも言って準備してくるね」

そうして俺は家から出てから、思わず顔に手を当ててしまう。

心臓がいつもより早く動いていて、色々と気付いてしまったのだ。

「あれー？　お兄ちゃんお顔が赤いよ！」

「ぱぱ、大丈夫？」

ルナとスノウが心配そうに近づいてくる。そんな二人に大丈夫だよと返すが、その中で一人、テイルテュだけは訝しげな顔でこちらを見てくる。

「旦那様、もしかしてレイナとなにかあったんじゃ……」

俺はなにも言わず、バーベキューが出来るように色々と収納魔法から取り出すのであった。

◇

夕食の準備が進むにつれて、人が集まるのはいつものことだ。

マーリンさんやゼロスも家から出てきて準備を手伝いに来てくれて、どこで聞いたのかエルガが大量のお酒を背負ってやって来た。

エディンバラさんは水の大精霊であるディーネ様と会話をしている。

二人とも落ち着いた人たちだから、話が合うのかもしれない。

勇者や聖女と言われるだけあり、アークやセレスさんにとって光の大精霊であるミリエル様は特別な存在らしく、感動していた。

そんな二人にママと呼ばせようとしていたが、恐れ多すぎると断られて泣いており、いつもどおりフィー様に追撃されている。

七天大魔導、それに勇者一行。そんな彼らもこの島では決して強者《つわもの》というわけではない。

だから最初の頃は出会う種族を恐れていたりしていたが、初めて会う人たち同士でも交流も深められていて、ずいぶんとこの島に慣れたなと思った。

「はっはっは、いつも通り騒がしくも良い雰囲気ですなぁ」

「あ、ゼフィールさん」

「ギュエス殿から貰った酒があるので、一盃《いっぱい》どうですかな？」

「いいですね」

近くの岩に座ると、ゼフィールさんは瓢箪《ひょうたん》に入った酒をお猪口《ちょこ》に入れてくれる。

それを呷ると、喉が焼けるような感覚。

鬼神族の酒は辛口の日本酒のようで結構強く、だけど美味しい。

「これはまだ子どもたちには飲ませられないですね」

「大人の味ですからな！」

ゼフィールさんは楽しげに笑いながら、騒がしくしている面々を見る。

その顔はとても優しげだ。

「なんともまあ、この島は不思議な場所です。これだけの人種が集まるなど、大陸ではまずあり得ない光景でしょう」

「そうなんですか？」

「ええ。人間は敵を作らねば生きてはいけない生き物ですから」

この島以外にこの世界のことを知らない俺だが、ゼフィールさんが言いたいことはなんとなくわかる。

　俺もこの世界に転生する前はブラック企業に勤めていたが、会社という小さな場所ですら上下関係、派閥、好き嫌いで人間関係は悪化する。

　これが不思議なもので、元々仲の悪い人間がどちらかいなくなると、今度はまた別の人間と仲が悪くなるのだ。

　平和な世界である日本でもそうなんだから、魔法使いや戦士、魔物がいて戦いが日常にあるような彼らの世界はもっと酷いこともあったのだろう。

　俺じゃ想像も出来ないような戦いや勢力争いなどがあってもおかしくない。

「力が強くなればその分だけ責任も増すもの。ですがここに来て、誰もがみな相手を尊重しようとしている。これはとても驚くべきことです」

　そんな過酷な世界でずっと生きてきたゼフィールさんだからこそ、より強く思うことがあるのだろう。

「元々みんな良い人たちですから」

「ははは！　アーク殿たちはともかく、我々がやってきたことをすべて知れば、とても良い人とは言えませんな！」

「それ、俺の知らないことなんで」

　この島に来る前に彼らがどんなことをしていたかなんて、関係ない。

俺が知っているのは、この島に来て交流をしていった彼らだけなのだから。

「まあ、そんなアラタ殿がいるからこそ、この光景なんでしょうな」

「俺は普通に、したいことをしてるだけなんですけどね」

そう言うと、ゼフィールさんはまた笑うだけだった。

◇

しばらく二人で酒を飲みながら雑談していると、ヴィーさんが騒ぎに気付いて家から出てきた。

顔を見る限り寝起きっぽく動きが緩慢だ。

エディンバラさんが食事を持って行ったりして、色々と世話を始めている。

その流れで子どもたちがヴィーさんの近くに集まっていき、さらにその背後からミリエル様が近づいて行った。

「なに騒いでるんだろ？」

見た感じ、ヴィーさんに虫を払うように手で追い払われて、それに対してミリエル様が抵抗している感じかな？

多分この島の中でも最古に近い二人なんだろうけど、やってることは子どもの喧嘩だ。

あ、スノウに怒られてる。

さすがのヴィーさんもスノウに怒られてちょっと困っていた。ミリエル様など遠目で見てもショックを受けて、必死に謝っているのが見える。

「スノウはいい子だなぁ」

「アラタ殿はなかなか親馬鹿の素質がありますな」

「そんなことはないと思いますけど？」

スノウが可愛いと思うのはみんなの共通認識だしね。

なんて思っていたら、いつの間にかグラムとサクヤさんが来ていることに気付く。

どうやらレイナが呼んだらしいけど……。

「なんか青春ですねぇ」

「青春？」

「初々しいってことですよ」

食事の中心は炎が燃えてみんな騒がしいが、離れた森の近くは暗く少し見づらい。

わざわざみんながいる喧騒の中じゃなく、ああして離れたところで二人っきりになるのは、学生恋愛っぽさがあって微笑ましい。

「……わざわざ離れる理由がわかりませんな？　隠れたいなら隠れて、皆と一緒にいたいなら輪に入れば良いと思うのですが……？」

「いやいや……あれは——」

「二人とも、ここにいたんですね」

俺がなぜグラムたちがあんな場所にいるのかを説明しようと思ったら、アークがやって来た。

少し顔が赤いが、まだ酔ってはいなそうだ。

彼の来た方向を見ると、レイナたちがまた女子会に花を咲かせているので、どうやら離れてきたらしい。

「丁度良いや。アーク、あれ見てどう思う？」

「サクヤさんたちですか？　えーと、なぜあんなところで……？　みんなの前に来たら良いのにとしか……」

どうやらアークもわからないらしい。ってことはこの感覚はこの世界にはまだないのかな？

「あのね。あえてみんながいるときにこっそりと抜け出して、だけど微妙に見える位置で甘え合うのって凄く緊張するんだ」

吊り橋効果みたいなものかな。

結局俺は前世で誰かと付き合ったりはしてなかったから、漫画とかで読んだ知識でしかないんだけど……。

「ふむ……周りからどう見られてるのだろう、ということですかね？」

「そうそう。自分たちが幸せなところを見て貰いたいって気持ちもあるんだろうけど、ちょっとしたスパイスで――」

「ああ、よくアラタさんとレイナさんがやってるやつですね」

「……え？」

そんなことした記憶はないけど、と訂正しようとしたところで、ゼフィールさんが納得したように頷く。

「わかりやすいですな。なるほど、だからアラタ殿はいつもああやっていたのですね」

「あの、いや、その……」

え？　俺ってそういう風に見られてたの？

いやたしかにレイナとちょっとそういう風な雰囲気になるときはあったけど、別にわざとしているわけじゃなくて、たまたまタイミングがあっただけというか……。

「アラタ殿は中々恋愛巧者でしたか」

「凄い……」

「いやちょっと待って。俺そういうのを意識したことなかったし。俺の知識なんて漫画とかだけだからアーク、そんな尊敬したような目で見るのは止《や》め――」

「実は今、彼女たちとの関係に悩んでいて……ぜひ僕の相談にも乗ってください！」

その言葉に、余計なことを言ってしまったと後悔するのであった。

第六章　アラタの正体

翌日、俺たちは女性陣には話を聞かれないように古代龍族の里にやって来た。

目的地はグラムの家。

メンバーは昨日話していた俺、アーク、ゼフィールさんに加え、エルガの四人だ。

ちなみに情報を女性陣、具体的にはティルテュあたりに漏らしそうなゼロスは除外した。

古代龍族は岩場に穴を掘って巣にしている。

それはグラムも変わらず、ただティルテュの家に比べると家具なども揃っていて、整理整頓もされていた。

「なるほど……これがモテる男の部屋か」

「いや、兄貴が遊びに来てくれたのは嬉しいがよ。なんなんだいったい？」

いきなり来て、しかも部屋をジロジロと見たせいかグラムがちょっと気まずそうな顔をする。

「実はみんなでグラムに聞きたいことがあって来たんだ」

「俺は強制的に連れて来られただけだがな」

移動中に偶然やってきたエルガを捕まえたのは、貴重な意見を聞ける妻帯者だからである。

どうやら普通に遊びに来ていたらしいので丁度良かった。

「昨日サクヤさんとみんなの見えているところでイチャイチャしてたよね？」

「っ——!?　いや、別にそんなつもりは……！」

「あれだけ見せつけてくれて、今更だよ」

俺の言葉に動揺しているが、やはり自覚があったのか追及すると段々と声が小さくなりながらも白状し始める。

やはり俺が言ったとおり、普段二人きりでいるときよりも緊張感があって、同時にもっと一緒にいたい気持ちが溢れてきたという。

——やっぱり漫画の知識は偉大だったな。

ちなみにそんなグラムの言葉を誰よりも真剣に聞いているのがアークだ。

「アラタさんの言ったとおりだ……あのグラムさん！」

「お、おう？」

「あの後、森の中に二人で消えて行きましたよね!?　あれはなにをしていたのですか!?」

「んな!?　そんなところまで見てたのかよ!?　あ、いや……別になにもしてねぇよ……」

怪しい。怪しすぎる。

俺がそう思ったように、アークもゼフィールさんも同じように思ってじっとグラムを見た。

「そりゃお前ら、懸想し合ってる男と女が二人で夜の森に消えたなら、やることは交尾に決まってるだろ」

「「え……？」」

エルガの言葉を聞いた俺たちは一斉に言葉を失う。

ちょっと今の言葉は、恋愛経験の薄い俺たちには刺激が強すぎるんだけど、まさか、本当に？

「いや話飛びすぎだろ！　ちょっと手を繋いで歩いたあとキスしただけ……あ」

「「今の話詳しく」」

「なんだ、そんな程度か」

三人で詰め寄るとグラムが逃げるようにエルガの背後に逃げる。

しかしさすが妻帯者だけあって、エルガは余裕があるな。

これからはエルガさんとでも呼ばせて貰おうか……。

だって森で消えたら交尾するような男らしいし。

「そ、そもそも兄貴たちの方がすげぇことしてるだろ!?　なんでそんな詰め寄ってくるんだよ！」

その言葉を聞いた瞬間、アークがたしかにと言いながらこちらを見てくる。

「いや、俺レイナとキスとかしたことないよ」

「う、嘘だ！　だって毎日毎日あんだけイチャイチャしてんじゃねぇか！　サクヤだってお似合いだって言いながらあんな風になりたいいってよく言ってるんだぞ！」

「そんなこと言われても……出会ったときに溺れてたから人工呼吸をしたけど、さすがに数に入れたら駄目でしょ。そもそもそれならゼロスも含まれちゃうし……」

俺がそう言った瞬間、その場の全員が固まる。

そしてなぜか俺を置いて四人で集まり、話し合いが始まった。

——兄貴たちって恋人同士じゃなかったのかよ！

——いちおう本人はそう言ってますな。まあそれを信じている者はいませんが。

——つかスノウにぱぱとかままって呼ばれてる時点で、恋人以上だろ。

——普通にキスとか日常茶飯事なんだと思ってました……。

全部聞こえてるんだよなぁ……。

「とりあえず！　俺のことはいったん置いておいてグラムのことだよ！　キスまではしたんだね！」

「あ、兄貴ずりぃ！」

「ずるくない！　さて、それじゃあアーク。この色男から色々と学ばせて貰おうか！」

話のすり替えに成功し、無事全員の視線が再びグラムに向く。

「そうですね！　ちょっとエルガさんは今の僕には刺激が強すぎるので！」

「おい、なんでだよ……」

森に入ったらいきなり交尾とか言い出す人の言葉は参考にならないからです。

◇

そうして男同士の集まりは盛り上がりを見せ、アークの相談内容も具体的な話になっていく。

今日まであまり交流のなかったグラムとアークだが、こうした話をしていくうちに段々と打ち解けていって、年も近いからか二人の距離も近くなっていた。

「つまり、アークはエリーともセレスとも恋仲になりたいってことなんだよな？」

「えっと、どっちも大切だから離したくないってだけで……」

「どう思う兄貴？　俺は龍だから、欲しいなら捕まえろよってしか思えねぇんだけど」

話を振って来られ、俺自身が色々と悩んでいるから若干言葉に詰まる。

「うーん……そもそも、アークたちが住んでた大陸でも重婚っていいんですよね？」

たしか前にゼフィールさんがそう言ってたので聞いてみると、頷いてくれる。

「ええ。貴族であれば世継ぎを作るのは使命でもありますし、平民でも金に余裕があれば普通ですな」

「じゃあなにが問題なの？」

俺みたいに地球の日本で重婚禁止って感覚があるなら問題だけど、そうじゃないなら良い気がするけど、なにが駄目なんだろう。

「セレスは聖職者ですから……神に操を捧げているので……」

「あ、なるほど」

つまり、このままだとセレスさんは結婚出来ないから、エリーさんと二人で結婚して一人にしてしまうことを懸念しているのか。

ただ、前にアークが酔っ払ったときの話を聞く限り、セレスさんも誘惑とかしてるみたいだし、問題ない気がするんだけどなぁ……。

「その辺りの事情は俺らにはわかんねぇが、神だっつーならそいつに許可貰えばいいんじゃねぇの？」

「エルガ？」

「いちおう俺らの長も神扱いされてたし、大精霊のやつらもそうだろ」

「あ……」

そういえば、セレスさんは前に俺のことを現人神《あらひとがみ》って言ってたし、そのあたりは結構柔軟かも。

「ま、待ってください！　そもそも僕が二人に好意を持っているだけで、二人もそうだとは限らないので……」

この期に及んでまだそんなことを言うのか。

二人がアークに好意があるのは明白だし、話を聞く限りエリーさんは一緒にいることをきっと認めてくれるはず。

というかそもそも、この島には人間が俺たちしかいないんだから、ルールだってこっちで決めても良いよね。

「相談に乗って欲しいって言ったよね。つまりアークはこの状況をなんとかしたいってことでしょ？」

「それは、そうなんですけど……」

　まああのときの言葉は酒に酔った勢いもあったんだろうけど、実際に今のモヤモヤした状況を打開したい気持ちは本物だろう。

「それじゃあさ、女性陣に二人の気持ちを聞いてきて貰おうよ」

「え？」

「レイナとサクヤさん、それにエルガの奥さんのリビアさんに頼んでさ。どうせアークの気持ちなんてみんなに筒抜けなんだし」

「筒抜け……？」

　俺が男性陣を見回すと、うんうんと頷く。

　正直わかりやすい。まあそれはアークに限らず、女性二人も同じくらいわかりやすいけど、そこは建前とかも必要だろう。

「アークは勇者としてずっと頑張ってきたんでしょ？　たくさん苦労もしてきたんだろうけど、ここで幸せにならないと嘘だからさ」

だから全力で協力すると伝えると、ようやく彼は頷いた。

◇

というわけで、それぞれが女性陣にアークの件を相談して数日。

噂が噂を呼び、もはや知らない人は当の本人であるセレスさんとエリーさんの二人のみ。

「いやちょっと待ってください！　なんで皆さん知ってるんですか!?」

「えーと……」

俺の家にやって来たアークが困り顔でそう聞いてくるが、仕方なかったのだ。

まず俺がレイナに言うでしょ。で、近くで話を聞いていたスノウがティルテュとカティマ、それに遊びに来ていた大精霊様たちに言っちゃったんだよね。

ゼフィールさんがエディンバラさんに言って、その流れでヴィーさんに。グラムはサクヤさんに言ったら、ギュエスに。

ティルテュがマーリンとゼロスに……。

「そんな感じで色々と巡り巡って、ね」

「ね、じゃありませんよ！　もぉ……」

もはや田舎の村あるあるだ。一人に話したら翌日には村全体に広まってるやつ。

アークは頭を抱えているが、一番聞かれてはいけない相手にバレていないのだからセーフということで許して欲しい。

それに作戦上、必要な情報共有もあったのだ。

「ほら、一番問題になってたセレスさんの件も解決しないといけなかったしさ」

「……本当にその理由ですか？　ただ楽しんでるだけとかじゃないですよね？」

いつも素直なアークが疑いの眼差しを向けてくるようになってしまった。

たしかに楽しんでいる部分がないとは言わないけど、ここまで広まるのは俺だって予想外だったのだ。

グラムとサクヤさんのときも凄かったし、どんな種族でも恋バナは楽しいってことなんだろう。

「女性陣がセレスさんに聞いた感じ、たしかに教会の聖女として神様に身を捧げてるっていう気持ちはまだ残ってるみたい」

「はい。長く聖女として過ごしてきた彼女にとって、神の教えというのはたとえ教会から裏切られても変わらず大切なものですから」

「けどこの島にはたくさんの神様っぽい人がいるから大丈夫！」

すでにその準備はレイナたちがしてくれているのである。

というわけで俺たちは家を出て南の森に入り、そのままハイエルフの里に向かう。

色とりどりの花が咲き、柔らかい日差しにささやくような優しい風。

動物たちも気持ちよさそうに水を飲み、何度来ても美しい楽園のような光景が広がる中――。

「っと、伏せて」

「っ!?」

森の木々の陰に隠れ、そっと顔だけを出す。

視線の先は綺麗な平原と湖。その先にはセレスさんとエリーさんがいる。

そしてそんな彼女たちの前には、神々しい光を纏ったミリエル様が浮かんでいた。

「あの、結局なにを……?」

「しっ!」

実はまだアークにはどういう作戦を取っているのか話をしていない。下手に期待させて失敗したらショックを受けてしまうかもしれないからだ。

ミリエル様はこの島で一番天使っぽい。つまり神様の使いっぽい。そして天使は神様の代弁者。

我ながら雑な話だが、ミリエル様が言えば神様の言葉としてセレスさんも結婚とかを受け入れやすいだろうという作戦だ。

すでにミリエル様の話は始まっているため途中から聞くことになるけど、今はどんな話をしてくれているのかな?

――神はこう言いました。みんなママになろうと。

「な、なんの話をしてるんですかね?」

距離があっても俺は集中すれば遠くの言葉とかも聞けるけど、アークは聞こえていないからか戸惑っている。

……本当になんの話をしてるんだろ？

聞こえてる俺もわからなかった。

多分母として子どもを可愛がる楽しさとかそんなのを語っているんだろうけど、はたして効果はあるのかどうか……。

――いいですかセレスちゃん。愛する人との間に生まれた子どもは可愛い神様の贈り物。ママはもっとたくさんの子どもを愛《め》でたい……神は自分が信仰されるよりも子を想い慈しみ愛することに喜びを感じるのです。だから一生を捧げる必要なんてないんですよ。それより可愛い子どもをたくさん産んで見せて欲しいのです。

微妙に本音が漏れつつも、ちゃんとセレスさんが恋愛出来るように誘導してくれてるな。

「ちょっと待ってみよう」

俺は聴力を普通に戻して、アークと一緒に木陰に隠れながら時間が経つのを待つ。

エリーさんはかなり緊張している様子だが、肝心のセレスさんはまるで神託を聞くように真剣な表情だ。

しばらくすると、突然セレスさんが泣き出した。

それを慰めるようにエリーさんが抱きつき一緒に泣き出してしまう。

ただ、ミリエル様は穏やかに笑っているので、悪い結果ではないのだろう。

「セレス！　エリー！」

だがアークはそうは思わなかったのか、凄い剣幕で飛び出してしまう。

まさかこの場にいると思わなかったのか、突然現れたアークに二人は驚いた顔をしている。

……ここから先は三人の問題かな。

「頑張れー」

それだけ言って、俺は自分の家に戻ろうとして、ふと思う。

「……このまま置いていったら、三人が帰れないじゃん」

多分ミリエル様がなんとかしてくれるだろうけど、ここまで手伝って貰ったんだしこれ以上迷惑をかけるわけにはいかないか……。

仕方ない。出歯亀みたいでちょっと駄目だけど、このまま木陰に隠れて三人の行く末を見守ろう。

そして――。

「いやー、なんだかんだ上手《うま》くいって良かったね」

「「……」」

ハイエルフの里を抜けて、家までの帰路。俺の後ろを歩く三人は終始無言だった。

顔を赤くしているのは俺にすべてを見られていたから、というだけではないだろう。

あの後、特に揉めることもなく晴れて恋人になったアークたちは、関係性が変わったことによる緊張とか色々な感情が交ざっているのだと思う。

なんにせよ、初々しい三人だ。

つい弄《いじ》りたくなるが、そうやって外部が茶々を入れることで良くない結果になっても困るし、俺はただ祝福するだけにしておこう。

「それにしてもアークの宣言は男らしくて格好良かったね」

――僕が二人とも幸せにするから、ずっと傍にいて！

離れたところで待っていたのだが、森中に聞こえるほど大きな声で宣言したため普通に聞こえてきた。

しかもそれが聞こえたからか、森中の動物たちがいきなりテンション上がったり、ミリエル様がなんだか悶えてたり、色々と騒がしかったものだ。

「あ、改めてそういうこと言うのは……」

「「……」」

また顔を真っ赤にした女性陣は、アークの宣言を思い出しているのかもしれない。

二人揃って彼のマントをちょっと摘まんでいるのは、少しでも離れたくないからだろうな。

初々しい……ミリエル様じゃないけど、本当になんか良いものを見させて貰っている気分になる。

「でも、ようやくすっきりしました」

「ん？」

「ずっとセレスとエリー、二人と一緒にいたいって思ってましたから」

前に相談してくれたとき、二人とも好きだと言っていた。

しかしセレスさんが聖女として神様に自分の生涯を捧げているため、結婚や子どもを得ることが出来るのはエリーさんだけだった。

それならエリーさんとだけ恋人になるという選択もあったはず。

だけどアークは一緒に苦楽をともにしてきた仲間であり、大切な人だからこそ、なんとかしたい想いが強かったのだろう。

「二人とも良かったね」

「……はい」

「うん……」

アークの言葉が嬉しかったのか、そのまま両腕に抱きつく。

もし日本でこんな光景を見ていたら嫉妬していたかもしれないけど、今は微笑《ほほえ》ましい。

「しかし、みんな関係性が変わっていくなぁ……」

最強種だろうと、勇者や聖女だろうと、人は人。

時間とともに色々と変化は起きて、俺が見ている限りそれは前に進んでいるように見える。

「……俺も頑張らないとな」

三人で幸せそうにしている姿を見て、そう強く思った。

◇

さて、俺は茶々を入れないと決めたが、祝福をしないわけではない。

今回の件は伝言ゲームのように流れていって、色んな人たちが知っていたことなので、戻ってきたときにはすでに宴会の準備がされていた。

というより、当人たちを置いて先に色々と始まっていた。

「あ、お帰りなさい。その様子だと、上手くいったみたいね」

「なぬ!?　おいセレス！　話を聞かせるのだ！」

レイナとティルテュが最初に気付き、そのままセレスさんとエリーさんを囲むように女性陣が集まった。

「ほらアーク、アンタはあっち行ってときなさい。ここからは女の話よ」

「わっ!?」

そしてマーリンさんに押される形でアークが追い出されてしまい、離れたところから見守っていた男性陣の方に。

「相変わらずこういうときの女の人は強いなぁ」

夕暮れ時で赤い太陽が沈みかける時間、とても華やかで賑やかな空間が出来上がる。

男側はシートの上で座り込みながら酒盛りが始まっていて、ニヤニヤとアークを囲い始めた。

中心にいるのはスザクさんだ。あの人なぜか男側にいるんだけど、それが妙に合ってるなぁ。

ティルテュ以外の子どもたちは相変わらずご飯優先みたいで、エディンバラさんとカティマが面倒を見ている。

色んな人がいるけど、それぞれ性格が出ていて少し面白い。

なんて思っていると、ヴィーさんがこちらに近づいてきた。

いつも宴会とかには参加するけど、他の人とは距離を取っているのに珍しい。

「おいアラタ、ちょっとこっち来い」

呼ばれたので素直について行くと、なぜか彼女は迷うことなくエディンバラさんの家ではなく、俺たちの家の方に入る。

この島に住んでいる人たちは身内みたいなものだから、普段から鍵などかけていない。

勝手に入るのも、みんな普段から自由に入ってくるからいいんだけど……。

「どうしたんですか？」

「なに、貴様と少しサシで話をしたいと思っただけさ」

そう言うと彼女は居間のソファに座り、異空間から赤いワインを取り出してグラスに注ぐ。

昔レイナやティルテュにヴィーさんの血を混ぜたブラッドワインを飲ませて、いやらしい雰囲気にしたのを思い出す。

「ほれ」

「これ、前みたいに変なの入ってないですよね？」

「仮にそうだとしても、貴様には効かないだろうが」

そうは言うが、どうしても警戒してしまう。

この島でそれなりに長く生活してわかったのが、ヴィーさんは最強種の中でも別格だということだ。

仮に戦闘になったらスザクさんとかも同じくらい強いのだろうけど、長く魔法に携わってきたからか、それとも特殊な生まれだからか、応用の幅が広い。

「ヴィーさんの場合、俺の身体《からだ》のことを調べ上げてしっかり対応してきそうだから、ちょっと怖いんですよ」

「貴様のような化け物に怖いと言われるなら、私もまだまだ捨てたものではないな」

この怖いは感覚的なものじゃない。

それで言うならシェリル様とかスザクさんも同じくらい怖いと思うし、他の大精霊様たちも同等の力を感じるのだから、また別物なのだ。

自分の楽しみのためなら、ヴィーさんはたとえどんなに難易度が高いことでも、なんとでもしてしまう予感があった。

「そう警戒するな。これでも貴様には感謝しているのだからな」

「感謝？　なにかしましたっけ？」

むしろ世界樹の件で感謝するのは俺の方だと思うんだけど……。

「ふっ」

ヴィーさんは薄く笑うと、グラスの片方は俺の分だと手渡してくる。

俺が受け取ると軽く杯を合わせた。

喉に流すと、これまで飲んできたどのワインよりも芳醇で癖が強い。

同時に、まるで脳に直接味を伝えているかのような強烈な美味《うま》さも感じた。

「ヴィーさん、これ……」

「ずいぶんと騒がしくなったものだな」

俺の言葉を遮り、窓の外を見る。

子どもたちやクルルたちがエディンバラさんのところに集まり、みんなで仲良くご飯を食べている光景。

女性たちは相変わらずセレスさんたちを囲い、男性陣は良い感じに酒が回ってきたスザクさんに絡まれていた。

種族問わずの飲み会はいつもごちゃごちゃしていて、だけどそれが楽しくも思える。

それを見守るヴィーさんの瞳は、いつもより少しだけ優しく見えた。

「この島に来て、まさかこんな光景が見られるとは昔は思わなかったよ」

「そうなんですか？」

尋ねると、ヴィーさんは珍しく感傷的な表情をしたまま頷く。

「あいつらが殺し合いを止《や》めた理由、貴様は覚えてるか？」

「……守るべき者が出来たからでしたよね」

ヴィーさんは真祖の吸血鬼であり、不死の存在として生まれた。

だがそれは彼女だけが特別なわけではない。

他の最強種の人たちのほとんども、本当なら死ぬことはない生物のはずだった。

それでも生まれ変わったりしているということは、当時の彼らは一度死んでいるということ。

それは矛盾している話だけど……。

「本来、単体で完成されている存在には死という概念がない」

ヴィーさんは空になったグラスに再び赤いワインを注ぐ。

「だがそれぞれに庇護するべき種族が生まれ、守るべき存在が出来たとき……やつらは完璧でなくなったのさ」

「それは悪いことじゃないですよね？」

「少なくとも当時の私にとっては悪いことだったよ。これまで絶対に死なないと思ったやつらが、どんどんいなくなっていくからな」

「……」

「だからまあ……騒がしさの種類は違えど、またこういう光景が見られたのは、悪くない」

トン、と俺の身体が押された。

前に戦ったみたいに力を上手く流されてしまったのだろう。

丁度グラスが空になってて良かったと思いながら、そのままソファに倒れてしまう。

「あれ？」

立ち上がろうとしたが、なぜか力が入らない。

まさか、と思ったときには手からグラスが落ち、パリンと小さくガラスが割れる音が響く。

身体が動かないのは、先ほどのワインのせいだと思う。

意識が朦朧としていて視界が揺れ、その中でヴィーさんの顔だけがはっきりと映り……。

「ヴィー、さん？」

「言っただろ。感謝していると……だからこれはただの礼だよ」

そのまま彼女は俺にしなだれかかると首元に舌を這わせてきた。

酒で熱くなった身体を冷やすようなそれはとても心地よく、耳の近くで鳴る水音が妙に艶めかしい。

「なんで、俺にはこういうの効かないはずじゃ……？」

「前も試しただろう？　貴様の身体はこちらの敵意や悪意を含めた攻撃に反応するんだとな……だが今の私にはそういう気持ちは一切ない」

彼女はそのまま一度身体を起こすと、俺と目を合わせる。

興奮した捕食者のような瞳に見下ろされ、俺の背中にぞわりと変な感覚が走った。

「心配するな。外のやつらも誰も気付けないし、これからすることは誰にも言わん」

そう言うと彼女は自らの服を脱ぎ、再び首元に顔を埋《うず》めてくる。

血を吸うわけでもなく、全身で俺の身体を押さえながら、ただ舐めるだけの行為。

片手は指を絡めるように握られ、少しでも身体に触れたいのかもう片方の手をしっかり俺の背中に回して抱いてくる。

腕、身体、足、全身を密着させながら身動《みじろ》ぎするそれは、まるで野生動物が求愛行動をしているかのようだ。

「ふぅ……」

そうしてヴィーさんはまた身体を起こし、口元に垂れた唾液を軽く拭う。

決して彼女に対して性的な興奮を覚えているわけじゃないと心の中で言い訳をするが、そんな俺の内心とは真逆に、服は乱れ、呼吸も少しだけ荒くなる。

「……ん」

喉を鳴らす音すら淫靡《いんび》に聞こえ、裸の彼女はとてつもなく女の匂いを漂わせていた。

片手は変わらず指を絡めたまま、もう反対の手の人差し指を太股、腹、肩、頬、そして――。

「そこか」

俺の唇に指を沿わせたヴィーさんは、そのままキスをしてくる。

「うぁ……」

瑞々しい音が何度も部屋の中で音を立てる。

同時に唇を噛まれ、その血を舐めるように舌を這わせてきた。

なぜか抵抗が出来なくなり、俺はもうなにがなんだかわからなくなる。

わかっているのは、彼女が悪意を持ってこれをしているわけではないということだけ。

「はぁ……これでもう大丈夫だろう」

「……っ!?」

彼女が顔を上げると、いきなり俺の身体が動くようになった。

ただ、突然されたキス……しかもかなり深いやつを受けて、衝撃に身体が動かせない。

「ふふふ、ずいぶんと恥ずかしそうな顔をしているではないか」

「ちょ……今は」

恥ずかしすぎて顔が見られず、思わず口元を隠して視線を逸らしてしまう。

そんな俺がおかしいのか、ヴィーさんはまた挑発するように笑った。

「顔も赤いし、まるで生娘のようだぞ？　これはまた中々そそるな。このまま続きをするか？」

私は良いぞと言いながら舌をペロッと舐め、先ほどとは違うこちらを揶揄《からか》うような雰囲気。

それでようやく彼女が自分を弄って楽しんでいることに気が付いた。

――いやでも、じゃあさっきまでは？

衝撃すぎるほどにエロかった。

このまま黙っていると本当に襲われてしまいそうなので、俺は首を横に振る。

「とりあえずどいて、説明お願いします」

◇

ヴィーさんが言うには、俺の身体に異変が起きていたらしい。

自分ではまったく自覚がなかったんだけど……？

「これはもう説明する気はなかったのだがな。この間言った通り、貴様の身体の一部は世界樹で出来ている」

「あ、そういえばそんなこと言ってましたね」

俺自身、神様に転生させて貰った身体だしあまり気にしてなかったけど、いくら神様とはいえなにもないところから作るのは無理だよな。

その素材が世界樹だった、ってことなんだろう。

「一部ってことは、他にも色々あるんですか？」

「ああ。世界樹に限らず、この島の大地や海、あらゆるもので出来ていると言うべきか」

「……そうだったんだ」

だからこんなに頑丈だったんだ。

たしかに最強種が殺し合いをするために作られたこの島で作られた身体なら、怪我《けが》とか病気とかもしないよな。

どれだけ彼女たちが暴れても、この島はずっと残っているくらいだし。

「あまり驚かないんだな」

「なんというか、納得の方が強くて」

「……いちおう気遣った私が馬鹿だった」

そう言うとヴィーさんは呆れた顔。

いやでもこの島の人たちから散々化け物扱いされてきたし、神様から貰ったチートボディだからなぁ。

そもそも身体のことに関しては神様と直接話して出来た物だし、なにより転生させて貰うときに一生分以上驚いた。

今更その理由を知ったところで、それで？　って感じでもある。

「それで、俺の身体とさっきの行為になんの関係が？」

「世界樹を助けるために、貴様ニーズヘッグやその眷属に噛まれただろ」

その言葉に、先日のことを思い出す。

噛まれた。なんならその状態で思いっきり摑んでかなり引き摺ったりした。

「あれは世界樹の魔力を食らう魔獣だ。アラタ、貴様気付いてなかっただろうが、だいぶ魔力を失って弱っていたぞ」

「え？　そんな感覚はなかったですけど……？」

でもたしかに悪意がないからとはいえ、今までならヴィーさんに襲われたときも耐えられた気がする。

「やはり自覚なしだったか……さっきまでのお前ならこの島の奴らでも殺せる状態だった。他のやつだとスザクとかは気付いていたみたいだが……」

ブツブツと呟き始めるが、会話をしたことで冷静になった俺はそれどころじゃなかった。

「あの、ヴィーさん……まず服を着て欲しいんですが……」

「ん？　ああ……いや」

今気付いたと服を取ろうとして、その手を止める。

そしてニタァと笑うと、そのままもたれかかってきた。

「さっきも言った通り、私はいいぞ。このまま続きをしてもな」

「俺がよくありませんから！」

肩を摑《つか》み、そのままどかして立ち上がる。

このままここにいたら、またあんな風に弄られてしまう！

「はっ」

思わず窓を見る。

いつものヴィーさんなら、ここでレイナなり誰かなりが来ているのを見越してこんなことを言い出すことを思い出したからだ。

だが、外では俺たちのことなど誰も気付いていないように宴会が続いていた。

「どうした？　ん？　ん？」

そしていつの間にか服を着た彼女は、俺がそんなことを考えていたことなどお見通しだ、と言わんばかりにニタニタと笑っている。

完全に手玉に取られてる……。

「……勘弁してください」

「ははは、お前の面白い姿が見られただけで満足だ」

そういえば、さっきの話が途中だったけど、その前に――。

「ありがとうございます。俺のこと、心配してくれたんですよね？」

「ん？　まあ……せっかく美味《おい》しいご飯を提供してくれるやつらがいなくなるのは、な」

素直にお礼を言うと、少しだけ照れたような顔。

普段からこんな感じに受け取ってくれたら俺も安心出来るんだけど、まあ人を弄るのは生きるために必要なことだから仕方ないか。

「なんだその顔。言っておくがこっちはレイナと契約してるんだ。あまり舐めた態度取るなら考えがあるぞ」

「いや、それは本当に手加減してください」

「無理だな。今エディと一緒に色々と準備してるんだが、中々良い出来だぞ。ふふふ、楽しみにしておけよ！」

真面目なエディンバラさんのことだ。ヴィーさんの言うことならだいたい聞いちゃうし、なにか変なことに巻き込まれてなければいいけど……。

俺やレイナ相手にからかうのは普段からしているのに、今回はわざわざ契約なんてものまで持ち出してきたくらいだ。

本当になにを考えているのか、不安で仕方がない。

そう思っていると、ヴィーさんが急に真面目な顔をする。

「それはそれとして、貴様の身体の話ももう少ししておくか」

「……お願いします」

俺の身体か……さっきヴィーさんがこの島の大地とか世界樹とかで構成されているって言ってたけど……。

「この島で出来ているその肉体は基本的にはどんな攻撃にも耐えうる。それは何千年と生きてきた私が保証しよう。なにせこの神殺しの魔王を封じるために生み出された島だからな」

たしかに、ヴィーさんを閉じ込めるために作られた島なんだから、壊されて逃げられたりしたら元も子もないもんな。

それに鬼神族と古代龍族が暴れてもビクともしなかったし、前に俺と二人で戦っても壊れた部分はすぐに元通りに戻っていた。

この島を壊そうと思ったら、それこそ島中の最強種を集めて一斉に破壊行為でもしないと無理なんじゃないかな？

「今まではなんとなく頑丈だなって思ってましたけど、そう考えると俺の身体が壊れることってなさそうですね」

「ただ絶対というわけではない。今回がその例だな。いくら頑丈でも、弱点になる存在が現れる可能性があるということだ」

「……なるほど」

ニーズヘッグみたいに、世界を終わらせるために世界樹を削る役目を持ったような存在は俺の天敵ってことか。

退屈に飽きたラタトスクが余計なことをしたからニーズヘッグとかが動いたけど、本来あれらって神様が世界を終わらせるときまでは大人しくしてるって話だもんな。

「まあ今回は偶然みたいなものだが、いちおう覚えておけ」

「わかりました。ところで俺って、この島の化身みたいなものなんですかね？」

「魂の方は知らんが、まあそういう言い方も出来るかもな」

転生系だと人間以外の色んなものに転生するジャンルもあったけど、実は俺って島に転生してたわけか。

いやでも身体は人間だし、これはどっちで考えたら良いんだろ？

「なにかしょうもないことで悩んでないか？」

「いや俺って人間なのかなって？」

「あれだけ化け物扱いされてて、まだ人間扱いしてほしいのか貴様」

呆れたような顔をしてくるが、そりゃそうだよ。

生まれたときからずっと人間だったんだから、今更違う種族になりましたって言われてもすぐには考えも変えられないし。

俺の言葉を聞いたヴィーさんは真剣な表情で考え込む。

「貴様が人間かどうか、か……まあそれを証明する手段がないわけではない」

「え？　本当ですか？」

「ああ」

ニヤリととても悪い風に笑い、俺はなにかとんでもないことを聞いてしまったのではないかと焦りが生まれてくる。

「いや、ちょっと待ってください。よく考えたらそんな気になるほどのことでもなかったです」

「よし。レイナとの契約もあるし、あれの準備を急ぐか！」

笑顔になったヴィーさんはそのまま窓に手をかける。

「ちょ、待って――」

「じゃあなアラタ。いちおう病み上がりだから無理するなよ！」

そして俺の制止を聞く気など一切なく、そのまま宴会の方へと歩いて行った。

「いったい、なにをさせられるんだ？」

とにかく碌《ろく》でもないことが起きることだけははっきりわかって、溜め息を吐《つ》く。

第七章　エルフとアールヴ

俺の身体《からだ》がこの島で出来ているとわかったからといって、やるべきことは変わらない。

転生させて貰ったときに特別な使命を与えられたわけでもないし、ただスローライフを満喫するという目的があっただけだ。

そこに色んな人と交流をして大宴会を開きたいという夢が出来たけど、これは俺が自分で決めたこと。

誰かに言われたわけでもなければ、そういう意思が働いているわけでもない。

「まあそもそも、大宴会を開くってことに対して世界の意思みたいなものが動く、ってのもなんだそれって話だしな」

「ぱぱ、またご飯のこと考えてるの？」

「みんなが笑顔になれることを考えてるんだよ」

まだ朝早くて誰も遊びに来ていないから、スノウが一人で積み木をしている。

そんな微笑《ほほえ》ましい姿を眺めながら珈琲《コーヒー》を飲みつつ、レイナが作ってくれている朝食を待つというのはあまりにも贅沢すぎる。

「これが幸せなんだよなぁ」

積み木を完成させたスノウが俺の膝の上に乗ってきたので、その頭をワシャワシャと撫でる。

少しくすぐったそうだが、嬉しそうだ。

「ぱぱはいつも楽しそうだよねぇ」

「スノウやママがいるからねぇ」

「スノウも楽しいよ！　ぱぱもままもみんなもいるから！」

嬉しいこと言ってくれる。

こんな愛らしいスノウにもいずれ反抗期が来て、パパと一緒の洗濯物は嫌！　なんて言われたら死んでしまうかもしれない。

まさか俺が世のお父さんと同じようなことを思う日が来るとは、想像もしてなかったな。

スノウの両手を摑《つか》んであっちに引っ張り、こっちに引っ張りとやってあげると、今度は俺の指を摑んで真似するように動かしてくる。

なんでもないことだけど、これが楽しいみたいでご機嫌だ。

「みんな、か。そうだよね、みんな仲良くが一番だ」

「仲良くがいちばーん」

本当になんでもない時間だが、これでいいよなぁ。

「またみんなで仲良くご飯を食べようね」

そう言うと、指を動かすのを止《や》めたスノウが見上げてくる。

「それって、ティルテュちゃんやカティマと一緒？」

「もっともっとたくさんだよ。ばぁばも、じぃじも、じいも、他の大精霊様や色んな種族のみんなと一緒だ」

「ミリエルちゃんたちも!?」

そう言った瞬間、スノウが瞳を輝かせる。

そういえばミリエル様、結局ママとは呼ばれなかったんだ。

だいぶ粘っていた気がするけどスノウにとってママは一人だけだもんな。

「みんな一緒だね」

「やったぁぁぁぁ！」

ぴょん、と俺の膝から飛び降りると、スノウはそのまま外に走り出してしまった。

この辺で危ないことはもうないだろうし、周りにも色んな人の家があるから大丈夫だろう。

「あ、朝ご飯食べずに行っちゃった……まあ、そのうちお腹《なか》が空《す》いたら戻ってくるか」

そう思っていると珍しく家の呼び鈴が鳴る。

鍵はかけていないし、この辺りの家の人たちやエルガたちは普通に入ってくるので、あまり役に立たない物だったのだが、いったい誰だろう？

「アラター、出てくれるー？」

「はーい」

レイナは朝食の準備で手が離せないので俺が出て行くと、そこには神妙な顔をしたブリュンヒルデさんが立っていた。

「お父上、お願いがあってやって来ました」

◇

一先《ひとま》ず家に入れて座って貰い、レイナが朝食を出してくれた。

元々このくらいの時間になったら子どもたちが集まってくるので、いつも多めに用意されているから、こうしたお客さんが来ても大丈夫だ。

ブリュンヒルデさんは自分の分は必要ないと遠慮したが、カティマやエディンバラさんを見ていればハイエルフはお腹が空かないということはないだろう。

南の森からここまで来るのにそこそこ時間がかかることを考えたら、朝食はまだ食べていないのはわかるし、遠慮なしに食べて貰うことにした。

「お母様、申し訳ありません……」

「気にしないでいいわよ。ほら、あの子たちだって勝手に集まってるし」

普段使っているテーブルを大人たちが占拠しているので、いつの間にかやって来ていたルナやティルテュたちは子ども用テーブルでスノウと一緒にわいわいと食べている。

あっちはあっちで楽しそうだけど、今の問題は彼女だろう。

パンやスープを食べるとホッとした顔をする。どうやらなにか悩みがあるようだけど……。

「それでいったいどうしたんですか？」

「実は、ミリエル様たちのことなのです」

そうしてブリュンヒルデさんが語ったのは、ここ最近ミリエル様の溜め息が多いということ。

理由を聞いてもはぐらかされてしまうのでフィー様に尋ねたところ、どうやらスノウや他の種族の面々と仲良くなったことで、別れてしまった北の大精霊であるシェリル様たちともう一度仲良くなりたいと思ったらしい。

「なるほどねぇ……でもシェリル様たちと別れた理由って、ただ可愛《かわい》がりすぎただけなのよね？」

「そう聞いていますが……それで千年以上もの間、離れ続けるかと言われると……」

「たしかに、なにかもっと理由があるのかも」

実際、本当に会いたいのであればミリエル様が直接会いに行けばいいだけの話だ。

それをしないということは、もっと根本的な理由がある気がするな。

うーん、と大人三人で悩んでみるが、そもそも聞かないとわからないことだから考えても仕方がない。

「そしたら一度、本人たちに聞くしかないですね」

「そうなのですが……すみません。ハイエルフがアールヴの村に入るわけには――」

「え？　なにか駄目な理由があるんですか？」

「それは……特にないのですが……」

カティマを見ている感じでは別に敵意を持っているような気配はないし、スノウみたいに新しい大精霊にも敬意を持っている。

そもそもこの二種族って仲が悪いというより関わりがないだけ、って感じがするんだよね。

お互いのことを知らないというか、敵対する理由がないというか……。

俺の夢のためにどこかの種族同士が仲悪いのって困るんだけど、かといって俺の自己満足のために押しつけるのも違うし……。

「ねえアラタ、貴方《あなた》が一緒に行ってみたらいいんじゃない？」

一緒に話を聞いていたレイナの言葉に、たしかにと思う。

ブリュンヒルデさんは多分、今までの風習とか雰囲気とか、そういうのでずっと避けていただけなんだろう。

だって実際ミリエル様は会いに行きたいわけなんだから、アールヴの村に行っちゃいけない理由はないはずなんだから。

「あの、生まれてからこれまでアールヴとは関わってきたことがなくて……それに北の大精霊様たちにお会いするのも恐れ多いというか……」

　とはいえ、さすがにその提案には彼女も腰が引けている。

　無理矢理連れて行くわけにはいかないけど、それだと一生このままだもんな。

　それはそれで良くないだろうと思うし、なにより本心ではちゃんと自分の目で見たいと思っているような気がする。

「スノウー、ちょっとこっち来てー」

「んー？」

　俺が呼ぶとスノウがちょこちょことやってくる。

「ばぁばたちのところに行くけど、一緒に来る？」

「行く！」

　シェリル様のところに遊びに行けると知って、スノウは嬉しそうに瞳を輝かせながら自分のリュックを取りに行った。

　戻ってくると、レイナが作ったリュックを開いて、なにを持っていこうか玩具《おもちゃ》とかを出しまくって悩んでいる。

「と、いうことで大精霊であるスノウの護衛に付いてきてください」

　理由があれば色々と心の中で言い訳が出来るだろうと思ってそう言ってみる。

「……ありがとうございます」

「いえいえ。それじゃあレイナ、ご飯食べたら行ってくるね」

「ええ。シェリル様たちによろしくね」

定期的に大精霊様のところには行っているし、なんなら今週の見守り当番であるグエン様がどっかにいるはずだ。

とはいえ、それを今ブリュンヒルデさんに言うより、直接挨拶に行った方が良いと思うので、今は黙っておこう。

「これを機に、大精霊様みんなが仲良くなれたらいいですね」

「はい。そう願います」

◇

いつも通りの道を歩きながら、ついでに魔力で舗装していく。

神獣族の里までの道はほぼ完璧に出来上がっているが、こっちの道はまだ途中だった。

とはいえ、焦ってやる気はない。こういうのも義務感や必要に駆られてやるんじゃなくて、思い立ったときにやる方がいいからだ。

「結界の外というのは、思ったより魔物が出ないのですね」

「あー、俺の魔力に気付いているからかもしれませんね」

先頭をご機嫌に歩くスノウの後ろを付いて歩きながら、ブリュンヒルデさんが興味深そうに辺りを見渡す。

どうやら本当に結界の外に出たことはほとんどないらしい。

そういえばこの島に来てから南の森に行くまで、一度もハイエルフを見たことがなかった。

以前誰かが引き籠もっていると言っていたが、あまり島の外を知らないのかもしれない。

「あのねぇ、これはシロツメクサって言うんだよー」

歩きながら色んな虫や草を見ていたスノウが、白い花を持ってくる。

シロツメクサと言っても基本はクローバーだが、白い花をつけてるので、分けてそっちの名前を教えてあげた。

この島の人たちは自分たちの興味がある物にしか名前を付けないので、こういった草は総称して草か葉っぱか植物などと纏めて呼ぶことが多い。

多分ヴィーさん辺りに聞いたら本当の名前を知っているんだろうけど、俺の世界にもあった花なのでそっちで呼んだらスノウたちに定着してしまった。

「あげる！」

「あ、ありがとうございます」

ハイエルフがこれまで信仰してきた三人とは違うけど、スノウは大精霊。

子どもらしく無邪気に近寄ってくるのは、彼女からすればお偉いさんが親しくしてくれるようなものだろう。

だから正直、戸惑うのもわかる。

ブリュンヒルデさんは指で摘まんだシロツメクサを真剣な表情で見つめ、クルクルと回しながらぽつりと呟く。

「どうしましょう。神の贈り物を頂いてしまいました……」

「そこまで仰々しく考えないであげてください」

実際はそうなのかもしれないけど、あの子はそんな風に考えていないし。

あと多分、そんなに長くもたないし。

◇

二人と一緒にしばらく北に進むと、アールヴの村に着く。

赤い崖の横穴に住居が並ぶ圧巻の光景が広がり、ブリュンヒルデさんが驚愕した顔をしていた。

「こんな生命力の少ない大地で生きていられるのですか？」

「まあ生きてれば適応するんじゃないですかね？」

「……信じられない」

ブリュンヒルデさんは呆然と呟く。

二種族は元を辿れば同じ種族だが、生きている環境は大きく異なる。

エルフが世界樹に守られた安住の地で生きているのに対して、こちらは空からは竜が獲物を狙い続け、草木はほとんど生えていない過酷な大地だ。

ただまあ、生物っていうのは生活環境によって適応した進化を遂げるものだから、彼女たちも長い年月をかけてアールヴに進化したのだろう。

「アールヴがどんな種族か知らなかったんですか？」

「話には聞いていましたが、実際に見ると想像以上でした」

「そっか。それなら来た甲斐がありましたね」

「え？」

不思議そうな顔をするが、聞いて知ったつもりになっていたことよりも、直接見た今の方が彼女の理解も深くなっていることだろう。

もし合わないとしても、又聞きをしただけでアールヴだから近づかないというより、ちゃんと知ってからの方がいいはずだ。

「そうですね……ところで、アールヴの方々はいるのでしょうか？」

「あー……」

気配は感じる。視線も感じる。ただそれは住居の中からだ。

前回はスノウを取り囲む勢いで勢揃いしたんだけど……これはあれかな。俺たちが最初にこの村に来たときと同じように、警戒心が高くて出てこられない状況になってるのかもしれない。

ただ、敵意はない。

もちろん俺やスノウと一緒だからというのもあると思うが、どうやらアールヴの人たちもエルフに対してどう対応していいのかわからないみたいだ。

「とりあえず長老のところへ……」

と思ったところで崖の上からなにかが落ちてくる。

どん、と両足でしっかり着地。まるで大地に根が張っているかのようにも思えた。

「スノウ様！　遊びに来てくださったのですね！」

「カティマだ！」

「うごぉ!?　あ、相変わらず元気でなによりです……」

スノウがわーいと元気に駆け寄り、そのままカティマが吹っ飛ばされそうになり、頑張って耐えていた。

多分普通のアールヴでは受け止めきれないだろうから、まずカティマが相手をしてくれて良かったかもしれない。

「アラタもこっちに来るのは久しぶりだな」

「うん。ちょっと大精霊様たちに用事があってね」

「用事、か……」

カティマはブリュンヒルデさんを見る。別に敵意はないが、かといって友好的な態度でもない。興味はあるが、あまり触れ合いたいとは思っていないような感じかな。

この間ハイエルフの里に来てくれたときも似たような態度だったし、逆もまた然《しか》りって感じだろうけど、もう少し友好的にしてくれたらなぁって思う。

「ハイエルフがこっちに来るのは初めてだから、みんなちょっと困惑してる。どうする？」

「うーん……とりあえずカティマが彼女と話してみる、とかは？」

そうすればアールヴの人たちも慣れて、ハイエルフと話して良いんだと思ってくれるんじゃないか。そんな軽い気持ちで尋ねてみる。

とはいえ、前回のハイエルフの里でのやり取りを見てると、カティマにとってもブリュンヒルデさんと話すのは結構緊張するもので——。

「いいぞ」

「え？」

そう思っていたが、あっさりと了承を得られてしまった。

「なんだその顔は？　カティマが話したらアラタも助かるんだろ？」

「うん。そうだけど……」

「アールヴは貰った恩を返す。お前には色々として貰ってるからな。手伝えることがあるならなんでもやるぞ」

「カティマ……」

そう言って貰えて、自分がこれまでしてきたことが正しかったんだなと思えた。

まだ前世のブラック企業で働いていたときは、こんなこと言って貰えたことなかったからか、ちょっと胸が熱いな……。

「それじゃあ、お願いしていいかな」

「ああ」

トントン拍子で話が進んでいくからか、置いてきぼりになってしまったブリュンヒルデさんは少し困った顔をしていた。

これまで敢えて触れないようにしてきた相手だから仕方ない。

だけどこうして、カティマの方から交流を持とうとしてくれているのだから、ここは頑張って貰わないと。

「えっと……そちらのハイアールヴとお話しすればいいのでしょうか？」

「はい。ミリエル様たちが北の大精霊様たちと交流するのを手伝いたいなら、ブリュンヒルデさんもアールヴとは仲良くしないとですしね」

「そう、ですね……」

そう頷くブリュンヒルデさんはまだ硬いが、それでも自らの信仰する大精霊様のためにも、カティマと向き合う。

「ブリュンヒルデと申します……ハイエルフの……」

「カティマだ。よろしく頼む」

躊躇《ためら》いがちの彼女に対して、カティマはあっけらかんと手を伸ばして握手を求める。

恐る恐るその手を握った瞬間、周囲で見ている気配が動いた。

どうやらハイエルフとこうして手を取ったこと自体に驚いているらしい。

だがそれに対して怒りの感情はなさそうだし、これならきっと上手《うま》くいくことだろう。

「スノウはどうする？」

「んー……」

「あれ？」

いつもならカティマと一緒にいる！　とか言うと思ったんだけど、なんだか元気がないな。

キョロキョロと辺りを見回して、なにかを探している？

「スノウちゃん！」

「っ！」

女の子の声が聞こえて、パッと顔を明るくする。

見上げると、横穴から手を振っている少女が見えた。

「ミーアちゃん！」

スノウも両手を挙げて自分の存在をアピールしながらぴょんぴょん跳ぶ。

なるほど。たしかにルナやティルテュも友達だが、それでもどちらかといえば遊んでくれるお姉ちゃん。

本当の意味で同年代の友達というのはミーアちゃんくらいだから、スノウにとってもちょっと特別なのかもしれない。

「カティマ、ちょっとスノウを送ったらアールヴの村を見て回ってもいいかな？」

「ああ。お前ならみんな歓迎するはずだ。それに、今みんなが出てきてないのは警戒しているからだけじゃなくて、前にスノウ様を怯えさせたことを反省しているからだからな」

「え？　そうなの？」

「うん。もちろん警戒もしてると思うけど」

それは色々と気をつかわせちゃったなぁ。

今度また狩りをした魔物の肉とかを持ってこようと思いつつ、俺はスノウを抱っこしてミーアちゃんがいる崖のところまで飛ぶ。

スノウを預けると、俺はそれぞれの家を回りながら最近の状況やハイエルフ、それに南の大精霊様たちがアールヴのことをどういう風に思っているのかを話していった。

こうして一人一人に説明していくと、みんな驚いたり感心したり様々な反応を見せる。

そして自分たちがどういう風に思っていたかを吐露していくうちに、エルフたちと交流をしなかったのはなんとなくの思い込みが強かった、とみんな言っていた。

まあ実際、そういうものなのだろう。

別にアールヴとエルフに限らず他の最強種同士もこれまで特別仲の良い種族というのはあまりいなかったし、各々の縄張りの中、同じ種族同士で生きてきたのだから。

そういう意味では、俺のやっていることは自己満足なのかもしれない。

ただ毎日ティルテュやルナ、それにこの島に流れてきた人たちの楽しそうな姿を見ていれば、たとえ自己満足でも悪くないと思うのだ。

しばらくして、アールヴの人たちが家から出てカティマとブリュンヒルデさんに近づいて行くのが見えた。

あのまま行けばきっと悪いようにはならないだろう。

「アンタは退屈させないねぇ」

崖を登って一軒の家に向かいお邪魔すると、カティマの育ての親であるサリアさんが楽しそうに笑っていた。

銀髪の髪をポニーテールにしている彼女はどう見ても俺たちと同年代だが、カティマから婆ちゃんと呼ばれていて、かなりの年数を生きているらしい。

「こんにちはサリアさん。元気そうでなによりです」

「まあカティマの子を抱くまでは元気で居続けるさ。だからさっさと子作りしな」

「しないですよ……」

「レイナに操を立ててるのか？　つーかそっちで子作りして、空いてる時間でカティマを抱けばそれでいいんだが？」

いきなりヴィーさんみたいなことを言ってくるが、彼女の場合からかってるわけじゃなくて本気なのが伝わってくる。

だから俺も毎回真面目に返事をしているのだが、どうにも諦めてくれないのだ。

「まあいい。いきなりハイエルフを連れてくるなんて、お前じゃなかったら袋叩きにしてやるところだが……」

「不味《まず》かったですかね？」

「いんや。前にうちの長老も言ってたが、この島はもう動き出した。そういう意味では、変化は受け入れるだけさ」

苦笑しつつ、受け入れてくれているのがわかる。

良かった。長老は普段寝ているので、実質的なアールヴのリーダーはサリアさんだから、彼女がそういう態度であればきっと問題は起こらないだろう。

「アンタのおかげで大精霊様たちもよく来てくれるようになったし、みんな感謝してるんだよ」

少し優しげにそう言ってくれて、ホッとする。

「それで、あのハイエルフと一緒に大精霊様たちに会いに行くんだって？　このまま行ったら夜になるし、今日は泊まっていきな」

「ありがとうございます」

「あとはカティマとの子を――」

「それじゃあ俺、ブリュンヒルデさんたちを呼んできますね」

後ろで舌打ちが聞こえてくるが、これ以上それを聞くと本当に同じ部屋で隔離されかねないので、俺は逃げるように地上に降りていった。

◇

翌日。

カティマの家で一泊した俺たちは、そのまま北に向かう。

出来れば今日中に大精霊様たち全員と会いたかったので、かなり朝も早い。

おかげでスノウはまだ夢の中だ。

「んー……」

「まだ寝てて良いよ」

「……うん」

腕の中で身動《みじろ》ぎするが、しっかり抱き直してあげるとその体勢が良かったのかそのまままた寝入ってしまう。

「お父上は、本当に慕われてますね」

「まだまだ甘えん坊で、可愛くてつい甘やかしてしまいますよ」

微笑ましそうに隣を歩くブリュンヒルデさんは、ハイエルフはあまり睡眠を必要としないからか、キビキビと隣を歩く。

昨日は結局アールヴの人たちに囲まれて色々と質問攻めを食らいながら夜を過ごしたというのに、凄い体力だ。

「アールヴと話してみて、どうでしたか？」

「正直、自分の視野がこれまでは狭かったんだなと痛感しました。もっと嫌がられると思っていたので、あんな風に歓待されるとは……」

「最後の方はもう、揉みくちゃにされてましたもんね」

昨夜のことを思い出すと、つい笑いがこみ上げてくる。

ブリュンヒルデさんは少し困ったような、拗ねたような顔をする。

普段が凛《りん》とした雰囲気なだけあり、ギャップがあって可愛いと思う。

それに真面目な人だから、みんなに好かれたことだろう。

「それで、ここが大地の大精霊様の住処《すみか》なんですか？」

足を止めて見上げるのは断崖絶壁。

ジアース様がこの辺りにだいたいいるはずなんだけど……。

「いないですね」

おかしいな。一昨日は俺たちの家にいてスノウを見守っていたから、付いてきてここで出てくると思ったんだけど……。

そういえば家を出るとき、いること確認してなかったっけ？

「仕方ない。とりあえずここは通り過ぎてグエン様のところに行きましょうか」

「わかりました」

最終的にはシェリル様のところに行けば誰かはいるだろう。

そう思って絶壁を登り、そのまま火山地帯に入る。

ここは他と違って魔物が闊歩《かっぽ》する場所なので、トカゲのような魔物たちがウロウロとして、空には火竜が飛んでいた。

だが俺の姿を見た瞬間、どの魔物もギョッとした顔をしながら慌てて逃げ出し始める。

「……お父上はどこに行っても恐れられていますね」

「いや、あれは俺のせいじゃなくてカティマだから」

初めてこの地に足を踏み入れたとき、カティマがホームランを連発した結果である。

魔物たちは俺が一緒にいたことがあるのを覚えていて、二度と同じ目に遭いたくないと逃げ出すのだ。

「襲いかかってこないなら、こっちもなにもしないのになぁ」

「もし攻撃してくるなら、私が撃退します」

「そのときは頼りにしてますね」

そうしてしばらく歩くと、強い力を感じた。

間違いなくグエン様だが、もう一つ同等の力を感じる。

「あ、ジアース様もこっちに来てたんだ。というかあれ？　力は出してないみたいだけど、シェリル様もいる……？」

珍しいな。二人がシェリル様の神殿にいることはよくあるが、逆は初めてかも。

「これが……北の大精霊様の力」

ブリュンヒルデさんが緊張したように喉を鳴らす。

スノウがいるから多分大丈夫だけど、念のため彼女の前に立って三人のところに向かう。

「うおおおおおお！」

「ヌウォオオオオオ！」

近づくと、二人の雄叫《おたけ》びが聞こえてくる。

溶岩の川を全力でクロールするグエン様と、真っ直ぐ手足を伸ばして突き進むジアース様。

二人が普段は見せないくらい強い力を放出しているせいで周囲には魔物が一匹もいなかった。

「なにしてるんだろう？」

二人は同時に川の端まで辿り着くと、今度は逆方向にターンして戻ってくる。

とりあえずそのゴールであろう場所に立っているシェリル様の方に向かうと、彼女は俺たちを一瞥するだけしてグエン様たちの方に向き直った。

そして俺たちが辿り着くと同時くらいに、グエン様が溶岩から飛び出す。

「うおおおおおお！　しゃぁぁあらぁぁぁ！　俺様の勝ち――！」

だがその瞬間、グエン様の足になにかが絡み、そして溶岩の中に引き戻される。

そして次に出てきたのはジアース様だった。

「ヌオォォォ!?　ワレの勝ちダアァァァァ!?」

どうやら溶岩を泳いでレースをしていたみたいだ。

よっぽど勝利したことが嬉しいのか、ジアース様の目が光ったり、全身から溶岩を吹き飛ばしたりと、感情表現が凄いことになっている。

「んんー……？」

そして二人の叫びによって、ずっと寝ていたスノウが目を覚ます。

「うるさいよぉ」

「もうちょっと寝る？」

首を横に振るが、降りる気はないらしく顔を胸に押しつける。

無理矢理起こされて、ちょっと不機嫌そうだ。

「あれが北の大精霊様たちですか……初めてお目にかかりますが、なんという力強い……」

「とりあえず事情を話したいけど、その前にあれがなんなのか聞いてきますね。スノウ、ちょっとブリュンヒルデさんと待っててくれる？」

「……うん」

「え、え、え……いいのですか？」

「はい。スノウのことよろしくお願いします」

スノウを地面に降ろし、その手をブリュンヒルデさんと繋いで貰う。

まだうとうとしていて、頭をコックリコックリさせている。

ブリュンヒルデさんは大精霊様と手を繋ぐことになって戸惑った様子だが、本人が良いって言っているから大丈夫だろう。

「なにをやってたんですか？」

俺が近づくと、ジアース様が自慢げに腕を組む。

溶岩から出てきたグエン様は、苛立ちながらも負けは認めているようで悔しそうだ。

「どっちがミリエルのところに行くか勝負してたんだよ！　ちっくしょうが！」

「え？」

その言葉に俺は驚いた。

グエン様は地面に崩れ落ちてとても悔しそうだ。

てっきり北の大精霊様たちはミリエル様と会うのは嫌なのだと思っていたのだが、あんな風に勝負をしてまで会いたいなんて……。

「なにか勘違いしてるみたいだけど、負けた方が会いに行く勝負よこれ」

「……」

シェリル様の言葉に俺は思わず二人をジト目で見てしまう。

会いたくないから勝負をしたなんて本人に知られたら、また泣いてしまうかもしれない。

「ナ、ナンだその顔ハ!?」

「お前になにがわかるんだよ！　ミリエルはなぁ、本当に厄介なんだぞ！」

二人揃って言い訳がましく、如何《いか》にミリエル様の可愛がりが凄まじいものかを語り始める。

幼少期のことがトラウマになっているらしいが、俺からしたら本当に？　と思うような出来事も多く、なんとも言えない。

ただ真剣に語っているし、なによりシェリル様が止めないあたり、本当なのかも……。

「とりあえず事情はわかりました。けどそんなことをされたって知られたら、ミリエル様が悲しみますよ」

「「うっ……」」

二人はさすがに自覚があるからか、ちょっと気まずそうだ。

そして最後の一人、シェリル様に関してはどこ吹く風。

「適当に泣かせておけばいいのよ」

「それは可哀想じゃ……ところで、どうして急に会いに行こうと思ったんですか？」

別にこれまでだって会おうと思えば会えたはずだよな。

たしかにこの島は広いし、特に北側は険しい道が多くて時間がかかる。

だけどシェリル様であれば影を使ったゲートで俺たちの家まで来られるし、結界があってもなんとでも出来る気がするんだけど。

「世界樹を守ったから」

「……？」

シェリル様が言葉足らずすぎてよくわからないな……。

「俺らが役目を放棄してる間、あいつらだけで頑張ってくれたからな。ミリエルが会いたがってるのは知ってたし、ちょっとくらい顔見せてもいいだろって話になったんだよ」

「ダガ、ワレら全員が行くとアールヴの村がマタ危険にナル。故に誰が残ルか勝負してイタのダ」

「ああ、なるほど」

どうやらこちらから頼む前から、会うことを考えていてくれたらしい。

勝負に勝ったジアース様が残るってことは、シェリル様は最初から行くつもりだった、ってことなのかな？

チラッと見ると視線を逸らされる。なんだかんだ優しい人だ。

結界に守られているハイエルフの里とは対照的に、このアールヴの村は弱肉強食の世界が広がっている。

その中で彼女たちは基本的に弱者であり、大精霊様の庇護がなければこの近辺の魔物たちに襲われてしまう環境だ。

カティマのようなハイアールヴであれば魔物相手でも対応出来るが、敵は空から来る。

そうなると少人数では村の人たちを守り切れないため、大精霊様たちが適度に見回りをして威嚇をしているのが、あの村の状況だった。

——だけど、場所を変えようってわけにもいかないもんな……。

アールヴにはアールヴの生き方がある。もし彼女たちがもっと安全な場所で生きたいというのであれば全力で協力するが、そうでない内は口出しする気はなかった。

ただ、結果として大精霊様たちは長期で離れることが出来ないのが現状だった。

「……ジアース様がいなかったら多分ミリエル様も悲しみますよね」

あれだけ子どもたちに会いたいと言っていた人だ。

その願いを叶えるためにブリュンヒルデさんも来たわけだし、出来れば大精霊様全員で集まれた方がいいし、どうにか出来ないかな。

「イヤ、キット大丈――」

「あの、よろしいでしょうか？」

スノウと手を繋いで近づいてきたブリュンヒルデさんが、恐る恐る声をかけてくる。

「ハイエルフの里は結界に守られて安全ですし、ミリエル様たちに来て貰えれば……と思うのですが……」

如何《いかが》でしょうか？　という提案に俺は大精霊様たちを見る。

グエン様が俺の肩に手を置いて嬉しそうに親指を上げ、そして逆にジアース様はその場に崩れ落ちた。

そしてシェリル様は——。

「好きにしたら？」

そう言ってスノウを抱き上げた。

いつも通り、その瞬間だけはとても優しい雰囲気になる。

第八章　家族

ブリュンヒルデさんの提案で、ミリエル様たちが北の地にやってくることになり、大精霊様たち一同が集まることになるわけだが、新たな問題が発生した。

それは、どこで会うか、ということだ。

シェリル様が住んでいる闇の神殿はその性質上、光の大精霊であるミリエル様が近づくと力が弱まってしまうらしい。

かといってグエン様の住処《すみか》であるあの溶岩地帯で会うというのもどうなんだ？　となり、結果的にジアース様の住処である荒野が選ばれた。

とはいえせっかくの再会なのにあまりにも殺風景すぎる。

本人たちはそれでも良さそうだが、今回はいちおう南の大精霊様たちが世界樹を守ったことに対する労いも兼ねているのだから、もう少し歓迎会らしい雰囲気にしたい。

「と、いうわけで今からみんなで喜んで貰えるように頑張ろう！」

「「「おおおー！」」」

「ワレの大地ガ……」

ジアース様の荒野の一部を借りて、そこをスノウの力で雪景色にして貰う。

そしてティルテュやルナに今回の件の事情を説明し、ここまで来て貰い、みんなで雪祭りを開催した。

この一帯を雪で楽しい感じにしてしまおう、というものだ。

「明日にはブリュンヒルデさんが大精霊様たちを呼んで来るから、それまでに色々作ろうね」

「わーい！」

さっそく雪だるまを作っているスノウとミーアちゃん。

それにカティマたちアールヴの大人たちも一緒になって協力している。

「我らはすっごいのを作るぞー」

「おー！」

ルナとティルテュは今回二人で協力し合うらしい。雪を集めてなにか大きな建物みたいなのを作っていた。

「まさかこの年になって雪遊びに付き合わされるなんてね……」

「まああいつらには借りが多いからなぁ」

ゼロスとマーリンさんも協力者として呼ばれたのであろう。

なんだかんだ、あの二人はいつも子どもたちの面倒を見てくれるよなぁ。

「どうして私がこんなことをぉ……」

「これも修行と思え」

「思えるわけないでしょー」

ついでに連行されたのか、セティさんとカーラさんも一緒らしい。

どうやらまだカーラさんはこの島に馴染めていないからか、セティさんが無理矢理連れてきたみたいだ。

まあ問題を起こすつもりはなさそうだし、これを機にもっと仲良く出来ればいいな。

「ははは、子どもの力には勝てませんな」

「あ、ゼフィールさんも来てくれたんですね」

「この辺りはまだ来たことがなかったので、見に来たのですよ。さらに北には溶岩地帯があると聞いてますし、あとで良い温泉がないか探そうと思っております」

それが楽しみなのか、とてもウキウキした表情だ。

七天大魔導の中だとゼフィールさんが一番この島を満喫してるよな。

「そういえばエディンバラさんは来てないんですね」

「ええ。なんでも最近、ヴィルヘルミナ様と一緒になにかやっているらしくて、二人でよくいなくなりますな」

「なんか言ってましたね……」

今までこれだけ念入りに準備をしてきたことはなかったので、嫌な予感しかしない。

間違いなくターゲットは俺とレイナなんだよなぁ……。

しかも今は家の人たちが全員こっちに来てるから、やりたい放題だし。

つい溜め息を吐《つ》いてしまうと、ゼフィールさんは少し愉快げに笑った。

「ははは。まああの真祖の方一人よりはマシな結果になる気もしますよ」

「たしかにそうかもしれませんね」

エディンバラさんは俺たちをからかうようなタイプでもないし、一番常識がある。

なにより過去のことがあるからか、ヴィーさんも彼女の言うことは結構聞くんだよな。

二人で適当に歩いていると、見覚えのある黒髪の背中が見えた。

「グラムも来てるんだ。こっちに来るのは珍しいですね」

「どうやらサクヤ殿にお願いされて来たみたいですな」

「へぇ……」

サクヤさんの周りにはレイナやセレスさん、それにエリーさんが集まっていて華やかだ。

人の縁が繋がってきたのは嬉しいけど、一緒に来たアークとグラムは居心地悪そうにしていて、
俺たちに気付くとホッとしたように近づいてきた。

結局、男四人で固まりながら適当にみんなを手伝いつつ、夕暮れ時にはほとんどが完成。

雪で作った人形や、大きな物になると城まで出来上がっていて、魔法って凄いなと思った。

そして俺たちはみんなでアールヴの村で休ませて貰うことになり、翌日――。

それぞれが自分の家に戻ったあと、ブリュンヒルデさんに連れられて、大精霊様たちがやってくる。

「うわぁぁぁ！　可愛《かわい》いぃぃぃ！　嬉しいよぉぉぉぉ！」

雪景色を見た瞬間、ミリエル様が瞳を輝かせながら周囲を見渡す。

そしてそのままシェリル様を見つけると、凄まじいスピードで突撃していって――避《よ》けられてしまい雪の中に突っ込んだ。

「わぷっ!?　ど、どうして避けるのシェリルぅ……」

「面倒だから」

「酷いよぉ。昔はママのおっぱい吸って大きくなったのにぃ！」

「そんな事実がないのに適当なこと言いふらすから離れたのよ！」

千年以上ぶりとは思えないやり取りをしていると、ディーネ様とフィー様がやってくる。

「ちょっとミリエル！　興奮しすぎよ！」

「だってぇ……ずっと会いたかったんだもぉん」

いつも通りフィー様に怒られていると、グエン様やジアース様もミリエル様からちょっと距離を取る。

自分に絡まれたら面倒だと思ってそうな表情だ。

「久しぶりだなシェリル。それにグエンとジアースも」

「ほんと、アンタも面倒になったらこっち来てもいいわよ」

「私までいなくなったら、あの二人を止められる者がいなくなってしまって、ハイエルフの子たちが大変だからな……」

ディーネ様は来てすぐ騒がしくし始めた二人を見て、呆れたように溜め息を吐く。

「おお、なんか悪いな」

「スマヌ……」

北側の大精霊様たちは一人に押しつけた形になっているからか、ちょっと申し訳なさそうだ。

「アンタたちも久しぶりね！」

「グエンー！　相変わらず可愛いねぇ！」

「俺が可愛いとか目ん玉穴空いてんじゃねぇのか!?」

「ジアースも光沢が前より輝いてるよぉ！」

「ソ、ソウカ……？」

ターゲットをシェリル様から他の二人に変えたミリエル様に翻弄されながらも、なんとなく満更でもない空気。

千年ぶりとは思えないようなやり取りは、大精霊として強い信頼関係で結ばれてる気がした。

「……」

そんな様子をぼうっとした雰囲気でスノウが見る。

なにを考えているのかはわからないが、俺はなんとなくあそこがスノウの居場所なんじゃないかなと思った。

「行っておいで」

「……うん」

そうしてまだ誰にも踏まれていない雪景色を、スノウが進んでいく。

まだ幼い彼女だが、それでもその先に大精霊様たちと同じ道が続いていて――。

「いつか、俺たちの傍から巣立っていくんだろうな」

だけどそれまでは、俺が守らないと。

六人の中に入った小さな少女は、笑顔で迎え入れられていた。

◇

最終的にミリエル様の構いたがりにシェリル様の怒りが爆発し、この日はお開きになる。

ジアース様の住処からの帰り道、スノウも疲れてしまったのか俺の腕の中で眠り、隣を歩くミリエル様がそんなこの子を微笑《ほほえ》ましく見ていた。

「アラタ君、ありがとね」

「俺はなにもしてませんよ。今回の件だって、俺が行ったときにはもうシェリル様たちの方から会うつもりでいましたし」

「あのシェリルたちがそう思うようになったもの、きっとアラタ君が色んな種族の架け橋になってくれてるからだと思うんだ」

「うむ。昔よりもずっと丸くなった」

そういえば、たしかに出会ったときのシェリル様はかなり尖っていたかもしれない。

なにせ出会い頭にいきなりカティマ目掛けて攻撃してきたくらいだ。

多分俺が止めなくても止《や》めたとは思うけど、いきなり敵対行動を取っていた当時と比べると、たしかに今の方が優しいな。

「あれを見ると、私たちも色々と考えちゃうわ！」

「そうだな。私たちも、そしてハイエルフの子たちも、もっと広い世界を知るべきだと思ってしまった」

二人がそう言うと、ブリュンヒルデさんも同じ想いなのか真剣な顔で頷いてくれる。

もしそうなってくれればいいなと俺も思った。

「アラタ君がこの島に来たことで、色々なことが動き出したね」

「それこそ俺にはわかりませんよ。意識してやったことじゃないし、それが良かったのかすらわかっていません」

「良いことだよ。少なくとも、みんなそう思ってる。だってそうじゃないと、この子がこんなに懐くはずがないもん」

そうやって微笑むミリエル様は、聖母のように優しい雰囲気を纏っている。

「ありがとう……スノウを大切にしてくれて」

俺と視線を合わせられるくらい浮くと、寝ているスノウのほっぺをツンツンと突《つっ》く。

「さっき色々と聞いたけど、本当に嬉しそうに話すの。ぱぱがいて、ままがいて、お姉ちゃんや友達がいて、スノウは幸せ者なんだってさ」

「んー……」

「あ、顔隠しちゃった。ごめんねぇ」

意識などもうないだろうからそう言われてもわからないだろうが、ミリエル様は何度も謝る。

スノウが楽しいなら、俺も嬉しいな。それに多分、レイナも同じ想いだろう。

「良いお父さんしてるじゃない！　褒めてあげるわ！」

「ありがとうございます。フィー様も、良ければ遊びに来てあげてください」

「仕方ないわね！　でもアンタたちが来ても歓迎してあげるわよ！」

言葉の言い方はキツいが、言ってる内容はとても優しい。

それに妖精のように小さな手でスノウの頭を撫でる仕草は、本当のお姉ちゃんのようだ。

ミリエル様は俺のやっていることが良いことだと言ってくれた。

だけど時々、怖くなるときがある。

あの結界の先、ハイエルフの里のように穏やかでゆったりとした、争いのない空間。

この島の俺が来るまでは、それぞれの種族で線引きがしっかりとされていて、それに近い環境になっていたはずだ。

それを俺が色々と掻き乱しているんじゃないかと、本来穏やかに過ごせていたこの島の人たちの生活を破壊してしまったんじゃないかと、そう思うときがあった。

「アラタよ。お前が気にしていることは、間違いではない」

「ディーネ様？」

真剣な声に、俺は思わず足を止めて水の大精霊様と向き合う。

「だが過去のこの島の在り方は、本来の自然から見れば不自然だったのだ。それは結界の中を見て、そう思っただろ？」

「……はい」

「だから、今の方がいい。そう思っておけ。なにせこの世界の自然を司る大精霊たちが全員、そう認めているのだからな」

それだけ言うと、彼はそのまま前を進む。

ミリエル様も、フィー様も同じ思いなのかなにも言わず、背中を見せた。

「大精霊様全員が、認めてくれてるのか……」

だったら、大丈夫かな……。

不思議と、彼らの言葉を聞くとそう思えるだけの力があった。

◇

ブリュンヒルデさんや大精霊様たちと別れ、家のある広場に辿り着くと人だかりが出来ていた。

「なんだあれ？」

俺たちの家の隣、ちょっと広いスペースに家くらいの大きさの白い箱が置いてある。

近づくと、七天大魔導のみんなが困惑した様子で箱を調べている途中のようだ。

「あ、アラタ……お帰りなさい」

「ねえレイナ、これなんか嫌な予感しかしないんだけど……」

特に装飾なども施されていない真っ白な巨大な箱。

明らかに自然物ではないそれは、少なくとも俺たちが家を出る前にはなかった物だ。

なにより、ヴィーさんが家で留守番をしていたのだ。こんな得体の知れない物が出来たことに気付かないはずがない。

「帰ってきたらこれが置いてあって……」

そうして見せてくれた手紙には、『両思いだと思う男女は手を繋いで箱に触れると良い』と書かれていた。

最初は警戒していたが、これもどうせヴィーさんのお遊びだろう。

無視した後のちょっかいの方が厄介だし、ある程度付き合えば解放されるはず。

そう考えて、この場で唯一恋仲になっていたアークたちが手を繋いだまま箱に触れると、光り輝いて三人とも消えてしまったらしい。

「……どれくらい戻って来てないの？」

「まだ二時間くらい。この箱にいくら攻撃してみてもビクともしなくて、結局こうやってみんなで調べてたの」

「なるほど」

ゼロスやマーリンさんだけでなく、ゼフィールさんもいる。

少なくとも人間の中では最大火力を誇る彼ですら傷一つ付けられないのであれば、特殊な力が働いているのかもしれない。

俺も箱に触れてみるが、冷たくもなければ熱があることもなく、ただ無機質な物体という印象。

「調べてみて、どんな感じ？」

「どの属性で攻撃してみても一切反応がなかったから、わかったのは不純物の一切ない無属性の物質ってことくらいね」

「うむ、まず少なくとも自然界ではあり得ない物質ですな」

「もうヴィーさんの悪戯《いたずら》確定じゃないですか……」

レイナを含め、七天大魔導のみんなは魔法に対しての知識が深い。

そんな彼女たちが自然界ではあり得ない、と言っている時点でもう普通じゃないのがわかる。

さっきの手紙といい、その内容やこの異常な箱といい、もはや彼女以外にこんなことが出来る存在がいるとは思えなかった。

腕の中で幸せそうに眠るスノウをレイナに渡すと、俺は拳を握り込む。

「せーの！」

思い切り殴ってみると凄まじい轟音《ごうおん》が鳴るが、箱はビクともしなかった。

「……これ、力押しじゃどうにもならないかも」

いちおうまだ本気ではないが、それでも感覚的になにかが違う気がした。

見た目は固形の箱だが、実際は超巨大な海を殴ったような、そんな感じ。

「マジか、アラタで駄目だったら絶対無理じゃねぇか」

「どうする？　あの吸血鬼の悪戯なら死ぬような酷い目には遭わないと思うけど……」

ゼロスとマーリンさんはもう若干諦め気味だ。

彼らは早くにこの島に来てヴィーさんの力も少し見たことがあるから、余計にそう思うのかもしれない。

「心配しなくて良いぞ」

頭上から声が聞こえてきたので見上げると、エディンバラさんが立っていた。

「あ、エディンバラさん」

「師匠！　人の家の隣になに作ってるのよ！」

彼女は箱から飛び降りると、ゆったりとした動作で着地して近づいてきて、じっと俺とレイナを交互に見た。

「アークたちももうすぐ出てくる」

「だから説明を……」

レイナが説明を求めようとした瞬間、白い箱が光り輝く。

「これ、セレスさんたちが消えたときと同じ!?」

そうして、箱の前に三人が現れる。

見た感じ怪我《けが》とかはしてないみたいで無事みたいだけど……。

「いや、無事かあれ？」

アークは生気のない顔でげっそりとしている。

ただセレスさんとエリーさんは顔を真っ赤にしているだけで、幸せそうな表情。

手を繋いでという話だったが、アークの両腕を美少女二人が摑《つか》んだ状態でまさに両手に花だ。

「アーク、大丈夫？」

「あ……」

　声をかけるとゆっくり顔を上げ、俺の存在に気付いた瞬間声を上げる。

「アラタさん!?　いけない！　ここは危険なので離れて――」

　その言葉より早く動く人たちがいた。

「レイナさん！　ちょっとこっちに来て！」

「さあ、早く！　アラタ様も！」

「スノウは私が預かろう」

「え、なに？　ちょ――」

　エリーさんとセレスさんが素早くレイナの背中を押し、さっとエディンバラさんがスノウを受け取る。

　三人で連携を取りながら彼女を白い箱の前に連れて行き、ついでに俺も腕を引っ張られた。

　そして二人揃って並ばされると――。

「はい手を繋いで！」

「お二人とも頑張ってください！　応援してます！」

　いつもと違う雰囲気の二人の声援がレイナに投げられ、俺たちは戸惑っているうちに光に巻き込まれるのであった。

そして、気付くと白い箱の中だと思われる部屋の中。

ただ外から見た感じの簡素化されたものではなく、どちらかというとファンタジー漫画やアニメなんかで冒険者が使うような木造の宿に近い雰囲気だ。

壁際には少し大きめのベッドがあり、窓の外を見ると宇宙空間のような場所が広がっていて星が流れている。

戸棚には瓶が並んでいるが、見た感じどれもワインなどの酒ばかり。

もう一部屋あるので見てみると、シャワーやトイレが完備されていた。

しかしどこにも扉はなく、出られるとしたら窓からだけどそれも触ってみると動かない。

「なんなのかしら、ここ?」

「あの箱の中だと思うんだけど……」

椅子やテーブルがないので、とりあえずベッドに並んで座り辺りを見回す。

正直もう、ここに入ってきた時点で嫌な予感しかしていなかったわけだが……。

「やあやあご両人、ようこそイチャイチャしないと出られない部屋へ！」

「っ――!?」

「……はぁ」

窓の外から突然顔を出したヴィーさんの言葉を聞いて、確信に至ってしまった。

レイナは驚いているが、この部屋に入る前からヴィーさん関連なのはわかっていたので俺は比較的落ち着いている。

　というか、イチャイチャしないと出られない部屋って……。

「む、なんだその顔は。せっかく私がここまでお膳立てしてやったというのに」

「それで、これどういうことですか？　というかなんでヴィーさんがこんなの知ってるんです？」

「この間貴様と抱き合ったとき、なにか面白いことはないかと思って深層意識を探したら出てきたやつだが」

「アンタ最低だぞ！」

　なに人の頭の中からよりにもよって変なの引っ張って来るんだこの人！　こんなの日常的に考えているわけないいんだから、偶然ネットとかで見たのが頭の片隅に残ってたようなものだろ！

「ねぇアラタ……抱き合ったって？」

「いや、それは……」

「ああ、心配するなレイナ。ただの治療行為だ。こいつ自覚なくちょっとヤバいときがあってな。別に貴様からこの男を取ろうと――」

「大丈夫なの!?」

　驚いた顔をしたレイナはすぐ俺の手首を掴むと、なにか魔力を通し始めた。

　そのままおでこ、喉、背中、お腹《なか》と触れていき、多分病状とかがないか調べているのだろうけど、顔が近くてついドギマギしてしまう。

しばらくして、俺になにも異常がないことを理解したレイナが顔を上げると、キスする一歩手前のところまで来ていた。

瑞々しく赤い唇から吐息が零れ、もう少し前に顔を倒したらそのまま——。

「おいおい、いくらなんでもちょっと早いぞ」

「「っ——!?」」

見られていることを思い出し、二人同時に顔を離す。

「まったく、まだ説明途中なのに隙あらばイチャイチャするな貴様ら」

おかしい。この状況を笑うはずのヴィーさんから少し呆れた気配を感じる。

レイナも恥ずかしく思っているのか顔を伏せ、耳まで赤くしていた。

「さて、アラタの知識を使って用意したから貴様はわかるだろうが、レイナにも説明が必要だろ」

「いやいいです。そんな説明しなくていいんでさっさと部屋から出してください」

「まずこの部屋だが、両思いの男女が手を繋いだ状態で触れると入ることが出来る。そして出るには——」

碌《ろく》でもないことになるのがわかっているので拒否したが、結局ヴィーさんは聞く耳を持たずに説明を始めてしまう。

——私が満足するまでイチャイチャしなければならない。

ニヤリと口を笑わせながらそう言って、彼女は姿を消す。

「アラタの力でも絶対壊せないように作ったからな！　出たければ存分にイチャイチャするが良い！　ちなみに先に入った勇者のやつらは三人で……おっと、これは言わない約束だったか。とにかく出られたということはそういうことだ！　はっはっはー！」

最後の高笑いが部屋中から響き渡り、すっと気配が消えた。

多分この部屋のことを覗き見しているのだろうけど、とりあえず考えても仕方ないだろう。

とりあえず改めて部屋を見回すが、部屋自体はそんなに広くない。

今座っているベッドと、怪しい飲み物が置いてある棚。あとは隣のシャワーとトイレがあるだけで、動き回れるようなスペースはほとんどない。

この状況で二人きりというのは、なんというか……。

「イチャイチャってなんなのよぉ……」

隣に座るレイナも困惑している。

正直俺も同じ思いだ。イチャイチャなんてそんなこと、簡単に出来るわけがない。

「とりあえずヴィーさんが飽きるまで、この部屋にいるしかないね」

「ええ。癪だからあの人の思い通りには絶対しないわ！」

「うん……」

とはいえ、あんなことを言われたら後にこうして狭い部屋で二人っきりというのは、どうしても意識してしまう。

二人で黙り込んでしまい、沈黙の時間だけが過ぎていく。

「ああ、そういえば言い忘れていたが」

それはそれで気まずく思っていると、また窓からヴィーさんが顔を出した。

「出たわね！」

ほぼ反射的にレイナが風の魔法を放つが、それは窓に当たるとそのまま霧散する。

俺の力でも壊れることはないと言うだけあって、ビクともしていなかった。

まったく無駄なことを、と言いたげに笑ったヴィーさんは、そのまま何事もなかったかのように口を開く。

「この部屋は時空を歪《ゆが》ませてるからな。一日経っても外だとせいぜい一時間もないくらいだ」

「……え？」

「つまり、あの勇者たちは三日以上この部屋で過ごしたことになる。ああ、衛生面は気にしなくて良いぞ。違う部屋を用意したからな」

それだけ言うと、また消えた。

多分この時空を歪ませるというのはとんでもない魔法なんだと思うけど、なぜこんなことに使うのか……。

あとなんで微妙にまた意識しちゃうようなことを言ってから消えるのか……。

「別に、今までだって二人きりだったしね」

「そ、そうね……今更だわ」

俺たちは自分自身に言い聞かせるように言うが、実際そうなのだ。

この島に来てすぐのときは、レイナしかいなかった。

すぐにルナと出会ったけど、あの子はたまに遊びに来るだけで一緒に生活をしていたわけではない。

「こうして二人だけだと、最初のころを思い出すわね」

「うん……色々あったよね」

どうやらレイナと同じようなことを考えていたようで、俺たちは出会ったときからのことをお互いに話し合う。

ルナを心配したエルガと出会ってこの島のことを聞いて――。

「いきなりエンペラーボアを殴り飛ばしたときは本当にびっくりしたわ」

「あれは俺もびっくりしたよ」

まだあのときは俺自身も自分の力がどれくらいのものかわかってなくて、なんとなく大丈夫って感覚でやってたからなぁ。

「そのあと、ティルテュがプロポーズを受けたと勘違いしてやってきたのよね」

「あったね……」

「あのときは勘違いだったけど、今は違う。あの子は本気で貴方《あなた》のことを慕ってるわ。男としてね」

レイナの口からそれを言われると、ちょっと気まずくなる。

俺もティルテュのことは好きだ。出会ったときは子どもだと思っていたけど、この島で長く一緒に生活をしてきて、自分のことをあれだけ慕ってきてくれて、好きにならないわけがない。

だけどそれでも俺は……。

「……」

そっとレイナが俺の手に触れて、少し顔を赤くして笑う。

「しばらく誰もここには入れないみたいだし、もう少し話をしましょうか」

「うん……」

あのあと、初めてヴィーさんがやって来たんだよな。

「退屈は不死を殺す、なんて大層なこと言ってたくせに、やってることはただの嫌がらせじゃない。お風呂壊したり……」

「あはは……」

とにかく彼女のお気に入りがレイナだからか、かなりの頻度でやってきてたなぁ。

しかもどこからか覗き見しているみたいで、毎回ピンポイントで風呂とかハプニングを起こしやすそうなタイミングで来るし。

「神獣族の里でガイアスに俺の女になれって言われたとき、守ってくれたわよね」

「あれはなんか、すごく嫌だったんだよね」

思えば、俺はあのときにはレイナのことを……。

「アラタに守って貰えて、とても嬉しかったわ」

「レイナ？」

そっと俺の肩にもたれかかるように近づかれ、彼女の髪の毛から良い匂いがする。

手の甲をレイナの手が覆い、彼女の細い指が遊ぶように触れた。

「アラタが別の世界からやってきたこと、私が大陸で経験したこと……お互いのことを話して、この島で第二の人生を生きましょうと決めたわ」

「スザクさんの背中に乗ってこの島の全貌を見たときは凄かったね」

「ええ……」

一つ一つ、大切な宝物を思い出すように、俺たちは語り合う。

七天大魔導のゼロスたちがやって来て、レイナと和解した。

カティマが川に流されて、それを釣って助けて仲良くなったこと。

古代龍族と鬼神族の喧嘩を仲裁して、ティルテュが仲間はずれじゃなくなったこと。

そして大精霊様の異変を感じたアールヴの人たちを助けるために北に向かって……。

「スノウと出会った」

「私たちの、大切な子ども」

「うん」

ぱぱ、ままと慕ってくれて、もうあの子がいない生活なんて考えられない。

あの子がやってきてから、ずっと一緒だった。

そして俺とレイナは、あの子が来てから本当の家族になったんだと思う。

「大精霊様とも仲良くなれたし、みんなスノウが大好きだ」

「ルナとティルテュもお姉ちゃんだからって面倒を見てくれて、成長したと思うわ」

「よく三姉妹みたいで可愛いねって話したよね」

昔話をし始めたら、キリがないくらいたくさん出てくる。

それくらいこの島で長く過ごしてきたし、色々なことや出会いがあった。

どれも大切な思い出だ。

そんな俺の新しい人生の中、レイナは俺がこの島にやって来てからずっと傍に居た人で……これからもずっと傍に居て欲しい人でもある。

「アラタ？」

ゆっくりと彼女を見る。

「俺はこの島に来てからずっと楽しかったんだ。それこそずっと長い夢を見ているんじゃないかってくらい、幸せだった」

「……その気持ち、凄くわかる。でもね、私たちは夢じゃないし、ここにいるわ」

俺を包み込むような優しい声。

髪を軽く梳《す》くと気持ちよさそうに目を細める。こんな仕草はスノウとそっくりで、二人は血が繋がっていなくても家族なんだって思えた。

レイナの細い指が俺の頬を撫で、そのまま喉に。

同じように俺も彼女の頬に触れ、大切な宝石を扱うようにその身体《からだ》を抱き寄せる。

見上げてくるレイナの紅《あか》い瞳は、これからのことを期待しているかのように潤みながらもトロンとしていた。

唇から零れる吐息が温かく、密着しているから心臓の音まではっきりと聞こえてくる。

緊張しているのは、俺だけじゃないんだな。

「ずっと……これを言ったら夢から覚めちゃうんじゃないかって怖かった」

「……」

「だけど今こうして、レイナと一緒に過ごしてきた日々を語り合って、ああこれまでのすべてがちゃんと現実なんだって強く思えた。だから……」

ゆっくりと、ベッドの上に覆い被さるように彼女に体重をかけるが、彼女は抵抗しない。

むしろ受け入れるように両手を挙げて、俺の頭の後ろに回した。

俺はそんな彼女が愛《いと》おしく感じ、自分の想いを口にする。

「好きだよレイナ。愛してる」

「……」

レイナは無言で、期待するように続きを促してくる。

「だからこれからもずっと、俺と一緒に、本当の家族になってください」

そう言った瞬間、彼女の手に押されて頭が下げられた。

柔らかい唇が触れ合い、かつて出会ったときとは異なる愛しい感情が全身を巡る。

「私も、愛してるわ」

そのあとのことは、誰にも語ることは出来ない。

ただ俺たちが外に出たとき、太陽は夕刻となっていて、おおよそ三時間ほど経ったあとだった。

エピローグ　結婚報告

俺とレイナが閉じ込められてから三日が経った。

体感的には六日間なわけだが、まあそこは現実世界基準でいいだろう。

その間、特段変わったことはない。

いつもと同じように朝が来て、太陽が昇り、そして夜が来る。

俺たちは元々家族みたいなものなんだから、それが名実ともにお互いの気持ちを伝え合ったからってこれまでと変わるはずは――。

「あるに決まってるよ！」

毎朝レイナの顔を見る度に愛《いと》しさを感じすぎて真っ直ぐ目を見られなくなってるんだよ！

彼女は彼女で顔を赤くして視線を逸らしながら、髪の毛を弄《いじ》ったりしているのだ。

そんな仕草一つ一つがまた可愛《かわい》いと思い、ついスノウを抱っこして照れ隠ししてしまう毎日。

「はっきり言って、お前ら端から見たらヤバいぞ」

「……エルガ先輩。俺、どうしたらいいですかね？」

「なんだよ先輩って。あとその口調は止《や》めろよ気持ち悪い」

エルガは呆れたようにそう言うが、俺にとっては結構重要なのだ。

「で、わざわざアークと二人で家に来て、なんの用だ？」

あぐらをかき、俺たちの話を聞いてくれる体勢になる。

今日はわざわざリビアさんにも外して貰い、ルナと一緒に俺の家の方に行って貰っている。そのためここには男三人しかいない。

俺とアークはお互いに見合い、そして口を開いた。

「俺と同じくヴィーさんの策略にまんまと嵌まってしまい、ヤリタクナルダケを大量に食べさせられ、気付いたらすべてが終わっていた武勇伝を持つ先輩にアドバイスを貰おうと思って来ました」

「僕たちにはもうエルガさんしかいないんです！」

「お前らぶっ飛ばされてぇのか!?」

そんなに怒らなくても……。

「だって俺、その……あの環境がヴィーさんに用意されたってわかっていたのにプロポーズして、しかもそのまま……」

もちろん結果は最良だと思っている。俺の気持ちに嘘はない。

だけどやっぱり男ならプロポーズはもっとロマンチックにしたかった。

それをあんな性欲に負けるなんて……。

「俺に比べりゃ全然いいだろ。俺は自分の口で言うどころか、意識すらまともになくて……」

「僕なんて最初から三人で……しかも押し倒される形で……」

三人で影を落としながら一時的に凹み、最初に回復したのはすでに結婚も終えているエルガだ。

「とりあえず、あのババアが用意した部屋だ。どうせ変な雰囲気になるように仕込んだんだろ」

「あとでエディンバラさんに聞いたら、性欲を高める魔法や魔道具を全力で使ってたって……」

「しかもご丁寧に、男には感じられないタイプを使ってたみたいです……」

「本当にしょうがねぇなあいつ！　だがまあ……いい加減吹っ切れよ。男のお前らが立ち直らねぇと、女どもが可哀想だろうが」

たしかに、俺がこんなんじゃレイナに申し訳ないもんな。

アークも同じことを思ったのか、顔を上げたときにはもう最初の弱々しさはなくなっていた。

「ところで、エルガさんはどうやって振り切ったんですか？」

「あ、俺も聞きたい」

「……」

俺たちが助言を貰おうとエルガに尋ねると、無言で顔を逸らして気まずそうにする。

どうしたんだろう？　と思っていると扉が勢いよく開いた。

「私が教えてやろう！」

「あ、スザクさん」

「ババア!?　なにしに来やがった余計なこと言わずに帰れ！」

「こいつは男としてケジメをつけると言ってな！　神獣族を全員広場に集めて、その場で改めて愛を語ったんだよ！」

おお、それはなんか男らしくて格好良いな。

アークも感心というか、尊敬の眼差しでエルガを見ているし、俺もそう思う。

「んでこの話には続きがあってな！」

「テメェェェェ！　その口閉じろぉぉぉ！」

慌てた様子でスザクさんに飛びかかるが、それを受け流して見事に関節を極めた彼女はすぐに楽しそうに口を開き――。

「こいつ男として理性を持ったまま愛しきってやるって言って、三日三晩ずっとリビアのこと抱きまくってたんだぜ！　その時点で理性飛んでんじゃねぇか！　なぁ性獣！」

「言うなぁぁぁ！」

「「……」」

男としてそれは、いいのだろうか？

スザクさんに身動きを封じられたエルガを見ながら、俺たちはなんとも言えない気持ちになってしまった。

◇

神獣族の里から帰り道。

「最後の抱きまくったはともかく、俺たちがいつも通りにならないとってのは間違いないよね」

「はい。僕もセレスとエリーには、いつも通り接するように出来るよう頑張ってみます」

そうして拳をぶつけ合ってお互いの健闘を祈りつつ、家に戻る。

まだ夕方にもなっていないからか、スノウはルナたちと遊びに行ったまま帰ってこない。

となるとあとはレイナが居るかどうかなのだが、どうやら留守のようだ。

ソファに座ると、丁度太陽が窓から差し込んできて気持ちが良い。

最近、レイナのことを意識しすぎてあまり眠れていなかったこともあり、一気に眠気が来た。

◇

「……」

夢を夢だとわかるときがある。

この夢の中の俺は日本のオフィスで普通のサラリーマンをしていて、終電ギリギリまで仕事をしていた。

そして疲れ切った身体《からだ》で家に帰り、持って帰ったパソコンを開いて仕事の続きをする。

ベッドで仮眠を取り、再び出社。

怒声が飛び交う職場で俺は自分の仕事を終わらせるためにデスクに座り、そしてまた背後から声をかけられ、仕事が増えた。

本当に嫌な夢だ。

だけどこれもまた、藤堂《とうどう》新《あらた》という人間の現実だった。

このときの俺は孤独だったけど、今は……。

◇

目を開くと、太陽が少し赤くなっていた。

視線を感じてそちらを見ると、太陽より紅《あか》い髪が目に入る。

「……レイナ？」

「おはよ」

「うん……おはよ」

寝ぼけ眼をこすり、大きく欠伸《あくび》をする。どうやら数時間くらい寝入ってしまったらしい。

うつらうつらとした意識の中、不意に頭を撫でられた。

「どうしたの？」

「ううん。なんとなくこうしたかっただけ」

そういえば最近、お互いちょっと意識しすぎて避けてた感じもあったもんな。

スノウもちょっと寂しいって言ってたし、そろそろ本当に今の状況に慣れないと……。

「っ――」

抱き寄せ、そのままキスをしてみる。

あの日以来とはいえ、ちゃんとしたキスは二度目だけど、やっぱりまだ緊張するな。

唇を離すと、レイナは恥ずかしそうにしながら見上げてくる。

もっと、ということに思えた俺がそれから数度キスを繰り返した。

「……実は今日、スノウが師匠のところに泊まって遊ぶんだって言っててね。丁度さっき預けてきたところなの」

「そうなんだ」

「だから……きゃっ」

俺はレイナを抱きかかえると、そのまま奥の部屋に行く。

エルガの話ではないが、男ならこうしたときしっかり自分で動かないと駄目だと思ったから。

◇

太陽も完全に沈み、星と月の光が窓から差し込む頃――。

「幸せすぎて怖いな……」

俺は裸の状態でベッドに横になり、そう呟く。

隣では同じく生まれたままの状態のレイナが小さく寝息を立てていた。

防音魔術のおかげで静寂な世界で、彼女の吐息だけが周囲から聞こえてくるのは、どんなファンタジーよりも幻想的に思える。

「エルガはみんなの前でプロポーズをし直したって言ってたけど、俺もみんなにはちゃんと言わないとなぁ」

なんとなくバレてるんだろうけど、これもケジメだ。

それにみんな、きっと祝福してくれると思う。

「一つだけ懸念があるとしたら……」

ティルテュになんて説明しよう。

俺のことを旦那様と慕ってきてくれて、ずっと好意を示してくれていた。

それに対して俺は子どもの言葉だからと、そこに本心が籠められていることを理解しているにもかかわらず、意識的に受け止めることを避けてきた。

だけどこうして自分の好意を伝えること、そして今が変わることの怖さを知ったら、あの子がどれだけ凄いことをしてくれていたのかを思い知る。

「ティルテュにこれ以上、誤魔化したりしたら駄目だよな」

今俺がレイナに抱いている気持ちと、ティルテュを想う気持ちは違う。

もちろんティルテュのことも好きだが、それは好意であり家族としての愛だ。

一人の女性として愛していることとは、少し違っていた。

だからはっきりと伝えよう。

そう俺が決意した瞬間、いきなり扉が開いた。

「うわぁぁぁぁん！」

「まったく、せっかく我らと一緒に寝てたのに……旦那様もレイナもこんな時間だと寝てるんだぞ」

「だってぇぇぇ！　スノウもままとぱぱと一緒に寝たいよぉぉぉ！」

「ああもう、ほら泣くな。あそこに旦那様が……」

「……」

ぐずっているスノウの手を引きながら入ってきたティルテュは、裸の状態の俺と寝ているレイナを見て固まる。

「まま！　ぱぱ！　まま！　ぱぱ！　……ティルテュちゃん？」

俺たちの姿を見たスノウが嬉しそうに声を上げるが、ティルテュに手を繋がれているからかそれ以上近づけない。

「ん……アラタ、それにスノウの声？　どうした……の？」

そしてそんな声を聞いて起きたレイナは、目を擦りながら現状を理解出来なくて同じく固まってしまった。

はらりと、シーツが落ちて彼女の美しい身体が月明かりに反射する。

まるで一種の芸術だ、と俺が頭の中で考えているのはおそらく現実逃避をしているからだろう。

ティルテュが力なく手を離した瞬間、スノウはレイナに向かって飛び込んでくる。

「まま！　なんでお洋服着てないの？」

「え、っと……その、ね」

さすがに状況が状況だからか、レイナも歯切れが悪い。

俺が近くのシーツで下半身を隠しながら立ち上がろうとすると、ティルテュが無言で駆け寄ってくる。

そして俺の腕を摑《つか》み引っ張ろうとして、俺が耐える形になった。

「っ――!?」

「ティルテュ!?　落ち着いて！」

「我も！　旦那様と子作りする！　あの吸血鬼の作った部屋だろ!?　あそこで変わったのだろう!?　だったら我も行く！　我もやる！」

俺の声も聞こえないのか、ただひたすら俺をどこかに連れて行こうとする。

正直、全力のティルテュの力はこの島でもかなり強い。神獣族のガイアス以上だ。

俺ですらかなりの力を籠めて抵抗しなければ、あっという間に身体ごと持って行かれかねない。

だからこそ、ここで動かないというのは俺の意思であり、それが彼女にも伝わってしまった。

「うぅぅ……なんで抵抗するのだ……うぅ、あぁぁぁ！」

段々と引っ張る力が弱くなり、ついにはそのまま地面に座り込んで子どものように泣いてしまう。

「ティルテュ……」

「われもだんなさまとこづくりぃぃぃ！」

レイナは上からシーツを羽織った状態でティルテュの傍に寄る。

今のこの子は感情が高ぶっていて危ない。もしかしたらレイナが怪《け》我《が》をしてしまうかも、と思って止めようとしたが、手で制された。

「アラタ。スノウのことお願い」

「でも……」

「大丈夫。大丈夫だから……ちょっと二人だけで話をさせて貰えるかしら？」

そう真っ直ぐ言われては引かざるを得ない。

――元を正せば俺がこれまではっきりとさせて来なかったせいなのにな……。

だが今俺がいることで話が拗《こじ》れるのもわかってしまった。

ティルテュのことはレイナに任せて、スノウを抱っこする。

「なんでティルテュちゃん泣いてるの？　痛いの？」

「心がね、痛いんだよ。だからあとでいっぱい元気にさせてあげようね」

「うん……」

そうして部屋から出た俺は着替え、居間で二人が出てくるまで待つ。

元々寝ていたのを起きたからか、スノウも眠くなってしまったのかうとうとしていた。

「寝てて良いよ」

「ティルテュちゃんがげんきになるまで……おき、とくの……」

「来たら起こしてあげるから」

そう言った瞬間、元々限界だったのか俺の膝の上に頭を乗せて寝てしまう。

スノウの頭を軽く撫でながら、いったいどういう話をしているんだろうかと不安に思う。

防音魔術がかけられているため、外からではなにも聞こえない。

二人を信じて待つしか出来ない時間が続き、しばらくしてから扉が開く音が聞こえた。

「……」

居間にやってきたティルテュの目元には泣き腫らした痕が残っているが、だいぶ落ち着いたのか、レイナと手を繋いだ状態でゆっくりと近づいてくる。

そして真っ直ぐ俺の目を見つめて、不安そうに口を開く。

「旦那様は、レイナのことが好きなのだよな？」

「……うん。一番大切にしたい人なんだ」

嘘は吐《つ》かない。真っ直ぐ目を見て本音で話す。

そうじゃないとティルテュに失礼だから――。

「……そうか。なら我が二番じゃ駄目か？」

「え？」

「我も旦那様に愛されたい。少なくとも我の一番は旦那様だ！　だから、だから……」

段々と声が小さくなる中、そっとレイナがティルテュの肩を摑む。

その顔は、とても真剣なものだ。

「もしアラタがこの子のことを愛する気があるなら、一緒に家族になってもいいと思ってる」

「でも、それは……」

あまりに予想外な言葉に、俺も言葉に窮する。

だってそれは、俺にとって都合が良すぎる話で……。

「昔アラタが自分のいたところのことを話してくれたとき、一夫一妻だって言ってたわよね」

「うん……」

「だけど大陸だと、一夫多妻はそんなに珍しくない。たしかにアラタを独り占めしたい気持ちは私にもあるわ。だけど……ティルテュがどれくらいアラタのことを好きか、この島に来てから私もずっと見てきたから……」

ティルテュと出会ってから、この子はずっと俺のことを慕ってくれた。

そしてその傍にはいつもレイナがいた。

「我は旦那様の一番がレイナなら、それでいいと思うのだ」

「ティルテュだったら、一緒にいてもいいの」

——そっか、そうだよな……。

俺が見て来た分だけ、レイナも一緒だった。

だったら、最初から俺一人で考えるんじゃなくて、一緒に考えれば良かったんだ。

改めてレイナとティルテュを見る。

二人の間にはたしかな信頼関係が結ばれているように見える。

きっと二人でたくさん話して、そしてお互いに納得し合ったことなのだろう。

「ティルテュ、こっちにおいで」

「……」

少し怯えたように、しかしどこか期待を孕《はら》んだような表情で近づいてくる。

そんな彼女に俺はそっとキスをした。

「っ——!?」

「子作りはまだ駄目だから、今はここまでね」

驚きすぎてなにも言えなくなったティルテュは自分の唇に指を当てる。

ぽぅっと、ただ呆然としている姿を見ていると、そんな彼女も愛おしく思えてきた。

だから俺はそんなティルテュに手を伸ばして、笑顔を見せる。

「家族になろう。俺と、レイナと、スノウと一緒に」

「……うむ……うむ！　旦那様、大好きなのだー！」

「あ、今飛び込んできたら——」

俺の膝ではスノウが眠っているので、そのまま纏めて抱きついてくる。

そうなると当然、気持ちよく寝ていたスノウはティルテュに潰される形になり——。

「むぎゅぅー!?」

「あ、スノウごめん……」

「うぅぅ……あぁぁぁぁん！　なんでぇぇぇぇ!?　ティルテュちゃんひどいよぉぉぉぉ！」

「うわ、うわわ！　スノウごめん！　ごめんって！　謝るから許してくれなのだぁぁぁ！」

寝起きでいきなりのことにビックリしすぎて胸の中で大泣きしてしまったスノウを、三人がかりで宥《なだ》めるのであった。

◇

翌日、俺はレイナとティルテュを連れて親しくしてくれた人たちのところを回る。

「というわけで俺、レイナとティルテュ、二人と結婚することになりました」

「「「おおおー」」」

神獣族でその宣言をすると、スザクさんがわざわざ全員集めてくれて拍手までしてくれる。

ほとんどの人がようやくかぁ、と口々にお祝いの言葉を言ってくれる中、エルガだけが顔を唖然《あぜん》とさせていた。

多分この間相談したばかりで、なにをどうすればそうなるのかと思っているのだろう。

少し離れたところで、ルナがとても嬉しそうに「良かったねー」とティルテュに話している。

ルナとエルガ、二人がいたから俺とレイナはこの島に馴染むことが出来た大切な友人だ。

あとでまた時間を作ってちゃんと話そうと思う。

神獣族の里から出て、鬼神族、古代龍族の子たちが集まっている場所に行き、先ほどと同じような説明をしていった。

翌日にはカティマたちアールヴに、そのまま大精霊様たちにも挨拶。

最後に南のハイエルフの里を巡って、自分の家に戻る。

昨日のうちに七天大魔導のみんなやアークたちにも話しておいたので、これでようやく落ち着きを見せた。

そうして今日は家族四人で一緒に寝て、みんなが寝静まった頃。

ふと窓の外から慣れた気配を感じて外に出る。

そこには満月を見上げながら宙に浮いているヴィーさんの姿。

彼女は俺に気付いて、いつも通り楽しそうに笑いながら地上に降りてくる。

「やあやあ色男。なかなか幸せそうでなによりだ」

「おかげさまで、と言っておきますよ」

「なんだその含みのある言い方は。全部私のおかげじゃないか」

まあ大雑把に言えば間違ってはいないのだけど、それにしてはちょっとやり方が強引すぎたんだよなぁ。

ただ本当に、ずっと躊躇《ためら》っていた最後の一押しをしてくれたのは彼女のおかげだ。

「ヴィーさんには感謝してますよ」

「ん？　おお、そうかそうか――」

「俺が死なないようにしてくれたんですよね？」

俺がそう言った瞬間、彼女の目が細まった。

その態度で、やっぱりそうかと確信を得る。

「いつから気付いていた？」

「この間、治療してくれたとき……というよりその後から強引に動いていたから、ですかね」

なんというか、ヴィーさんらしくなかったのだ。

俺の深層意識を覗いてあの部屋を作ったと言っていたが、それならもっと彼女を楽しませられるようなことはたくさんあったはず。

その中であんなイチャイチャしないと出られない部屋なんて選んだのは、ただ趣味だけではなく、俺のことを気遣ってくれたからだろう。

「退屈が不死を殺す。それがヴィーさんの口癖ですもんね」

「……ふん。貴様がスローライフとやらを送りたいのは嫌というほど伝わって来たがな、私や貴様のような孤独な個体は存外脆《もろ》い。貴様もどこかで感じていたのではないか？　ああ、今日もいつもと同じ日常だ、と」

その通りかもしれない。

代わり映えのない穏やかな日常を望んでいて、その通りの毎日が過ぎていく日々を求めて、そして俺は――。

「それに満足してしまっていた」

「満足は不死の毒だ。生き物には飢えが必要だ。我々のような単体で終わっている存在にはな、守るべき存在が必要なんだよ」

「それがレイナだったってことですか？」

今の言葉に関しては否定したい気持ちが強かった。

だってそれじゃあまるで、レイナは俺を生かすために神様から用意されたみたいに思えてしまうからだ。

俺が彼女を選んだのは庇護する存在としてではなく、ずっと傍に居て欲しいと思ったから。決して誰かに作られた選択肢を選んだわけではないと言い切れる。

「神はそこまで干渉しないさ。別に他の人間だろうが、あのハイアールヴだろうと良かった。レイナを選んだのは運命でもなんでもなく、貴様の意思で間違いない」

そう言うと、ヴィーさんは少しだけ優しく微笑《ほほえ》んだ。

「だがティルテュやスノウは駄目だ。あれはあれで個体として完成し、守られる存在ではなく守る側の存在だからな。あれらとだけ歩んでいれば、貴様はそう遠くないうちに消えていた」

「……俺は死なないんですか？」

「この島にいて、守りたい者がある限りは。だがそれは貴様に限ったことではない。この島は外とは時空の流れが異なっているからな。レイナにしても他の人間にしても、ここから年を重ねるようなこともなければ成長することもなく……」

そこでヴィーさんは言葉を切る。

少しだけなにかを考えるように口元に手を当てると、首を振った。

「成長しないは嘘だったな。貴様がやって来たことで、止まっていたこの島の時間は動き出した。あとは本人たちが望むか、望まないか、それだけの差さ」

いつものように、なんとも抽象的な言葉。

彼女がそう言うのはわざとだと理解しているが、もう少しわかりやすく伝えて欲しい。

「まあ貴様は今を楽しめ。それだけでいい」

ヴィーさんは言うべきことは言った、と空に浮く。

そしてそのままいつものように、月に向かって消えて行った。

「正直、情報量が多すぎてついて行けないですよ……」

ただわかったのは、彼女のおかげで俺の抱えていた問題は色々と解決したということ。

あの人は自分のことを孤独な個体と言っていたけど、だからこそずっとこの島の人たちから少し離れて見守ってきたのだろう。

そうじゃないと、ああして他の種族の人たちみたいに守るべき存在もなく、たった一人で生き抜くことなんて出来ないのだから。

「……俺も、みんなを守れるようにならないとな」

前世で一度も経験したことのない、本当の意味での一家の大黒柱。

俺に務まるか不安もあるけど……。

「きっと大丈夫。レイナも、ティルテュも、それにスノウもこの島のみんながいるもんな」

そうして俺は戻る。

大切な家族が待っている、その場所に――。

間章　エディンバラの悩み

アラタが家に帰る姿を、夜空に紛れて消えていたヴィルヘルミナはただじっと見つめる。

その姿が家に戻ったのを確認すると、再び闇の中から出てきた。

「おいエディ、もう行ったぞ」

彼女がそう言うと、闇の中からもう一人、少女が姿を現す。

エディンバラ・エミール・エーデルハイド。

真祖の吸血鬼であるヴィルヘルミナが生み出した唯一の眷属である彼女は、少し悩ましい表情をしながらアラタたちの家を見る。

「……母よ。私はどうしたら良いと思う？」

「人に尋ねるならもう少し言葉を足せ。私は心を読むことは出来ないんだ」

呆れた顔をしたヴィルヘルミナは、そう言いつつも彼女がなにに悩んでいるのかは理解していた。

それでも敢えて言葉を促しているのは、それが必要なことだと思っているから。

「レイナは私が育てた魔法使いだ。そんな少女が新たな門出を迎えるというのに、私にはその思い出がなに一つ残っていない」

「それがお前の望みだったんだろう？　そしてレイナもまた、それを望んでいる。だというのになにが問題なんだ？」

「……わからない。だが、このままだと駄目な気がする」

エディンバラは記憶喪失になった。

それを望んだのは自分自身であることをきちんとわかっている。

今こうして彼らと一緒に笑い合えているのは、自分に記憶がないからだ。

——もし記憶が戻ったら、私は今の穏やかな生き方が出来るだろうか？

ずっと無理だと思っていた。

七天大魔導たちから過去の話を聞いて、如何《いか》に自分が酷い人間だったかをわかっている。

勇者たちと出会ったとき、自分を怪物のように恐れていた気配を覚えている。

なにより、レイナを育てるために行ってきた厳しい修行の数々は、到底許されるべき話ではないだろう。

「私は今の生活を好んでいる。ゼフィールと共に生活し、スノウを世話して、この島の住民と交流をする。こんな穏やかな日々をずっと望んでいたはずなんだ」

「そうかもな」

「この島にやって来て、母にも会えた。私は覚えていないが、過去の私にとって貴方《あなた》に会うことが人生の目的の大半を占めていて、それが果たされたときの歓喜の感情は生涯忘れないだろう」

ヴィルヘルミナに言うためか、それとも自分に言い聞かせるためか、彼女ももうわからない。

満月を見上げ、胸に空いた穴を埋めるように自分の手を当てる。

「それでもなにか、大切なものが足りていないと心が言っているんだ」

「……つまり、お前は記憶を取り戻したいのか？」

「必要ないと思ってた。記憶がないままでも幸せだと思っていた。だが、レイナが結婚すると聞いて、このままではいけないと思ってしまった……」

エディンバラは顔を下げ、アラタたちの家を見る。

記憶を失ってこの島にやって来て、初めて出会った人間。

たとえエディンバラが記憶を取り戻しても、絶対に勝つことの出来ない神の芸術とも言える最強の存在。

共に来た七天大魔導の面々から聞いた過去の自分は、終末の怪物や史上最強の魔法使いと呼ばれ、暴君だったらしい。

記憶を取り戻せば、今のように穏やかな日々に幸せを感じることは出来ないかもしれない。

だからこそ記憶を取り戻したくないと思っていたが……。

「アラタがいれば……いや、この島であれば私が記憶を取り戻しても大丈夫なのかもしれないと、そう思えるようになっていたんだ」

終末の怪物が可愛《かわい》く思えるような最強の存在ですら友人と言い、誰が相手でも恐れることなく接して一緒に楽しもうとするアラタ。

最強種と呼ばれる彼らもまた、楽しそうに笑い合い手を取り合った。

きっと、過去の自分は強すぎたがゆえに孤独だった。

それゆえに他者を遠ざけようとした。

だがこの島であれば……。

「母は、私が記憶を取り戻しても見捨てないか？」

エディンバラが不安そうに聞くと、ヴィルヘルミナは呆れたような、優しげな顔をする。

「見捨てるわけないだろうが。お前は私の……唯一の子だからな」

「そうか……」

「お前が消したいとすら思った過去の記憶。それを取り戻したいと思っているのはきっと、師として、母としてレイナをきちんと送り出したいという想いが残っているからだろう。母の想い、今ならわかるだろ？」

己が最も信頼する母からの言葉。

それを言われて、ストンと胸に落ちた。

「お前がそう願うなら……素直に頼んでみろ。あのお人好《ひとよ》したちはきっと力になってくれるさ」

「ああ。一度聞いてみることにする」

そうしてエディンバラは地上に降りた。

今は深夜で、まだ寝静まっている時間。

どうやらまた、アラタの寝所に潜り込もうと思っているらしく、そんなことをしたらまたレイナを怒らせることになるとヴィルヘルミナは思ったが……。

「まあそれはそれで面白いからいいか。スノウは喜ぶだろうしな」

どこかズレた娘を見下ろして苦笑しつつ、アラタたちが住む家の屋根に降りる。

そして空に浮かぶ満月を見上げながら、どこからともなくワインを取り出した。

「この島もずいぶんと騒がしくなってきたが……まあ悪くない」

長く離れていた娘の成長を想いつつ、ワイングラスを掲げてから一口。

今まで飲んだどの酒よりも美味《おい》しく思えた。

あとがき

この度は『転生したら最強種たちが住まう島でした。この島でスローライフを楽しみます』をお手に取って頂きまして誠にありがとうございます。

最強種の島シリーズも６巻と長期シリーズとなり、読者の皆様には長くお付き合いを頂けて本当に嬉しく思います。


今巻ではついにタイトル回収、そしてレイナとの関係が大きく進展していきましたね。

しかしまだ終わりではなく、次に続いていく物語。

最後の最後まで楽しんで頂けるよう、頑張ってまいります。


イラストは引き続きＮｏｙ様が担当し、綺麗で楽しい絵をたくさん描いて頂けました！

表紙は新キャラ、南の大精霊様たち。

メインは光の大精霊ミリエルですが、実は三人全員います。

見開きカラーイラストでお願いしたのは、『ミリエルに抱きつかれてなんとも言えない顔をして

いるスノウ』でしたが、本当になんとも言えない顔をしていてとても良く、一瞬でお気に入りになりましたね（笑）

そして重要なお知らせが一点！

今回はなんとＳＱＥＸノベル様より新シリーズも同時発売となりました！

タイトルは『お人好し冒険者、転生少女を拾いました　大賢者の加護付き少女とのんびり幸せに暮らします』

最強種の島でもそうですが、大判ライトノベルでは『主人公が転生者』という物語は多いイメージがあるかと思います。

こちらは現地に住んでいる優しい主人公が、『異世界にやってきた幼い転生少女』と穏やかな日々を過ごしながら、時々トラブルにも巻き込まれつつ、幸せになっていく物語になります。

担当イラストレーターはＵ35様！

カバーの一番前で元気いっぱいに笑っている可愛い女の子の名前はククルです！

いつかスノウと並べてコラボしてみたい（笑）

最強種の島も家族がテーマになっていますが、この新シリーズも同じように血の繋がらない者たちが家族として一緒に成長していくことをテーマに書かせて頂きました。

だからこそ、この作品を楽しんで読んでくださっている方々には楽しんで貰える新シリーズになるかと思いますし、どうか良ければお手に取って読んでくださると幸いです！

同レーベルから2シリーズ同時刊行ということで、ＳＱＥＸノベル様には今年もたくさんお世話になりっぱなしですね。

頑張ってたくさん書いて恩返ししないと！

山浦先生に描いて頂いているコミカライズは重版連発で相変わらず絶好調！

小説だけでは見ることの出来ない、島の住民たちの楽しいやり取りも見られますので、ぜひこちらも読んでみてください！

このあとがきを書いている時期はまだ1月半ばなので、今年の目標について。

『作家として自分の土台をしっかり固めていくこと』を目標に、２つやっていこうと思っています。

1つ目は自分のレベルアップ！

去年は新シリーズの準備に費やしてきた1年でした。今年はそんな準備してきたシリーズが発表される年になるので、それをしっかり楽しんで貰えるよう、作品のクオリティを上げていくことを目標にしたいと思っています！

２つ目は出来るだけ多くの人と会うこと！

専業作家2年目に入り、長く作家としてやっていくには人との縁が大切だなと改めて思いました。

コロナ禍も落ち着き、出版社様のパーティーや作家同士の交流会も増えてきたので、今後は色々な人と知り合いになって視野を広げていけたらいいなと思います。

数字もなにもない漠然とした行動目標ですが……去年1年の間で準備はしてきたので、あとはやるだけ！

今年は本当に色んな作品を出していきますので、ぜひ応援してください！

ちなみに近況を出すとしたらX（旧Ｔｗｉｔｔｅｒ）『平成オワリ』か、カクヨムの近況ノート機能を使うことになるので、そちらも見ていてくれると嬉しいです。

プライベートな話で最近思ったのは、やっぱりコミケはいいなってことですね。

２０２3年冬コミケ、１日目と2日目の両方行ったんですけど、あの熱量は本当に最高だと思います。

自分もつい色んなところを回って同人誌を買ってしまい、最後はカバンが凄まじい重さになって

いました（笑）
あとは色んな神話に嵌まっていて、本を読んだりＹｏｕＴｕｂｅで専門家がやっている神話の解説なんかを見て楽しんでます。
この６巻ではハイエルフの里で世界樹の事件が起きましたが、北欧神話を元ネタにして書かせて頂きました。
日本神話、ギリシャ神話、アステカ神話なんかも知れば知るほど奥深くて、もっと勉強していきます。

さて、今回の巻で、私が当初考えていた種族はすべて登場しました。

あとは彼らがどういう関係を築いていくのか……。

それは第７巻をお楽しみに！

引き続き、たくさんの人たちを笑顔に出来るような『楽しくて明るい島での生活』を書き続けられるよう頑張りますので、良ければ最後まで応援よろしくお願い致します！

平成オワリ

SQEX ノベル

平成オワリ新シリーズ始動!!

SQEXノベル

転生したら最強種たちが住まう島でした。この島でスローライフを楽しみます　6

著者
平成オワリ

イラストレーター
Noy

2024年3月7日　初版発行

発行人
松浦克義

発行所
株式会社スクウェア・エニックス
〒160－8430
東京都新宿区新宿6－27－30　新宿イーストサイドスクエア
（お問い合わせ）スクウェア・エニックス　サポートセンター
https://sqex.to/PUB

印刷所
中央精版印刷株式会社

担当編集
鈴木優作

装幀
冨永尚弘（木村デザイン・ラボ）

本書は、カクヨムに掲載された「転生したら最強種たちが住まう島でした。
この島でスローライフを楽しみます」を加筆修正したものです。

ISBN978-4-7575-9088-5　C0093　　Printed in Japan